U0008848

阿川家的危險餐桌

アガワ家の危ない食卓

阿川佐和子 著

邱香凝 譯

目次

美味的禮物

「一想到死掉之前還能吃幾頓飯，就連一次也不想吃到難吃的東西。」這是二〇一五年逝世的父親經常掛在嘴上的口頭禪。偶爾吃到不合口味的食物，他總會真心憤怒：「害我又損失了一次機會！看要怎麼賠償我！」

每次看到父親這樣，我都在內心反駁：何必堅持每餐都要吃到好吃的東西呢。偶爾吃到不好吃的東西，下次再嚐到美味食物時，獲得的喜悅豈不是更大？你是不是偶爾也該抱持這種感恩與謙卑的心才對啊？

看準父親心情好的日子，我曾小心翼翼這麼建議過一次。結果，父親不假思索回應：

「我才不想！」

說得可斬釘截鐵了。

為什麼父親會對食物執著到這個地步呢？父親的母親是道地的大阪人，聽說吃東西是她最愛的一件事。生病時，人家如果帶花來探病，她還會抱怨：「比起這種東西，要是帶點零食點心來不知有多好。」所以長久以來，我一直以為父親對食物的執著來自祖母。後來才知道，父親的父親，也就是我的祖父也是個「老饕」。根據父親的著作內容，戰前祖父因為工作的關係，曾在滿州停留一段時間。據說，他對當時來照顧自己生活起居的友人妻子這麼說：

「阿增太太，我跟您說，我穿的衣服再破爛也沒關係，但是每天一定都要讓我吃到好吃的東西。」（節錄自阿川弘之《亡母啊》）

我對祖父母幾乎沒有印象。祖父早在我出生前中風過世，祖母則在我不滿兩歲時離世。日後常聽母親回憶，父親辛辛苦苦抱著使性子的我，搭上列車千里迢迢回故鄉廣島奔喪。我雖然知道自己參加了葬禮，但記憶中完全想不起任何祖父母生前的事，當然更不知道祖父母有多熱衷吃食、特別喜歡吃什麼食物，或他們的餐桌上曾出現哪些飲食。

不過也不難想像，在這樣的雙親扶養下，與兄長年歲相距甚遠、祖父母「老來得子」生下的家父，即使曾經歷戰後那段貧困時代，肯定仍在各種美味食物的餵養之下成長。

有時，旁人提起父親，會用「他是一位美食家」來形容。每次聽到這種話，我都會說：

「不，他絕對不是美食家。他只是對吃很執著而已。」

這並非謙遜之詞，事實就是如此。當然，他是那種聽說東邊有好吃的肉就立刻去找，聽到西邊有美味的魚也興沖沖出門覓食的人，對吃這件事確實很勤快，這點毋庸置疑。此外，不可否認只要有「好吃的東西」，他也比較願意掏錢。只不過，對於追求極致食材、分析美味由來或針對廚師深入研究等事，他

就不太感興趣了。在思考這些麻煩事之前，他只想要每餐吃到大讚「好吃！」的東西。再者，他還希望自己發出「好吃！」的讚嘆時，最好能在無論提出多任性的要求也不用管別人看法的餐桌上。

所以，父親並不排斥帶全家人外出用餐。甚至常在參加完正式拘謹的餐會或派對後，回到家抱怨不斷。「氣氛太緊繃了，害我不能盡情吃東西」，他這麼說著，要母親做茶泡飯或加熱吃剩的晚餐給他，也是常有的事。

小學低年級時，我認識了「恩格爾係數」這個詞彙，理解到「我家是恩格爾係數高的家庭」，也知道在昭和中期那個時代，像我家這麼常外食的家庭並不多。外食固然令人期待，萬一跟朋友說起這檔事，恐怕會遭到「你家這麼奢侈喔？」這種指責。從那時候起，我就知道這是不能輕易對外人言的特殊家庭狀況。

「讓小孩子坐在壽司店的吧檯席，這父母到底怎麼教的啊？我可是在二十歲之前都沒坐過壽司店吧檯席的喔！」

我的損友檀芙美曾這麼批評。確實，要是看到年幼的小孩囂張坐在壽司店吧檯席，還說什麼「等一下給我海膽」，或許我也會皺起眉頭說「真想看看這小孩的父母長什麼樣」。然而，在我還來不及知道這種行為不值得嘉許時，父親就經常帶著一家人出門用餐了。

如能容我小小辯解一番的話，我雖然喜歡吃壽司，卻很怕壽司店的吧檯席。以前的壽司店吧檯席和現在不一樣，身旁盡是吞雲吐霧抽著菸或大聲喧嘩喝酒的大叔。坐在這些粗魯的大人中間，就算哥哥和媽媽也在身旁，我根本沒有那個心情享受壽司。更別說當吧檯內側壽司師父問「接下來想吃什麼」時，我向來無法清楚表達，屢遭父親斥責：「這麼小聲誰聽得見！再大聲一點！」這種時候，只好懷著想哭的心情說「請給我鮭魚卵」，就這樣，我對「坐壽司店吧檯席」留下了恐怖的回憶。

當然，父親是壽司店的常客，店家也同意他帶小孩上門。只是，條件是小孩吃飽後就要盡快離開吧檯席。我們兄妹倆通常會在沒有客人的二樓包廂角

落，嚴守父親「不準吵鬧」的命令，一邊看看書、畫畫圖，一邊等待父母用餐完畢。

父親堅信吃好吃的食物比什麼都還要幸福，也以為全家人都擁有和他一樣的信念。

大概是我小學一年級或二年級的時候吧，生日那天，父親難得用溫和的語氣對我說：

「對了，今天是佐和子生日嘛。妳想要什麼？」

父親很少這麼溫柔說話，我滿心雀躍，盤算該要求買什麼給我好。是新衣服呢，還是洋娃娃。要求太貴的東西可能會被罵，哎呀，拿不定主意，怎麼辦。女兒還在深思熟慮時，急驚風的父親已經按捺不住地說：

「好！就去吃點好吃的東西慶祝妳生日吧！」

接著，父親喜孜孜地預約餐廳，整裝打扮，帶著全家人出發用餐。然而，我的內心不免有些悲哀。難得的生日禮物，就這樣被用吃的打發了嗎？這麼一想，忽然覺得好難過。

不過，以我的立場也不能抱怨太多。我決定放棄禮物，好好享受這一餐。那天晚上，我們去的是中華料理店。在相對和諧的氣氛中吃完飯，等母親結好帳，走出店外準備回家時，發生了一樁對我而言難以忘懷的悲劇。整件事的始末我已經在很多地方寫過，這次就先割愛。簡單來說，父親大手筆招待女兒吃好料，女兒卻在該說「謝謝爸爸招待」時因為一陣北風吹過，脫口而出「好冷！」，這句話激怒了父親，最後還連累母親也被丟在路邊不管，換句話說就是妻離子散。我對那年生日的記憶，就這樣充滿了現在寫下來還毛骨悚然的恐懼印象。

不只小孩生日，父親有個毛病，動不動就建議別人「去吃點好吃的吧」。有一年，為了安慰失去伴侶心情低落的舅舅，父親開口邀他「怎麼樣，要不要去吃點好吃的東西？」舅舅這麼回答：

「您的好意我心領了，但我只要想到內人還在跟病魔搏鬥時，一直無法讓

她品嚐好吃的食物，現在就怎麼也提不起勁吃美食。」

掛上電話，父親小聲說：

「是這樣嗎？我還以為吃了好吃的東西就能打起精神呢。」

跟家人爭執過後，他也會說：

「明白了嗎？」

「明白了，是我不好。」

看到妻子或女兒乖乖認錯的表情，他大概也湧起了一股同情心吧。幾乎百分之百會再說：

「明白就好，那就轉換心情，去吃點好吃的東西吧！」

第一次和父親去夏威夷也是如此。一如往常，我為了一點小事頂嘴，父親震怒發狂，我在父親面前哇哇大哭。過了一會兒——

「妳知道錯了就好，去吃點好吃的東西吧。」

那時，他帶我去的是「泰國料理」的餐廳。雖說態度已經溫柔了點，畢竟直到剛才都還對我怒目相視，大聲怒吼。在這樣的父親面前，我可無法輕易轉換為天真爛漫的心情。更何況那還是我第一次吃泰國菜，根本不知端上桌的會是什麼東西。第一道上菜的涼拌青木瓜脆脆的，雖然很好吃，不管怎麼說就是辣。我舌頭發麻，嘴裡像要噴出火來。

「好辣！」

我嚇得趕緊喝水，還是鎮壓不下嘴裡爆發的辣度。這時，一道裝在壺裡的湯端上桌。我心想，不然喝口湯，壓壓嘴裡的味道吧。這麼一想，拿起湯匙舀了一口湯喝。

「嘎啊啊啊！」

怎麼比涼拌青木瓜還辣啊！

「好——辣——！」

我辣得跳起來，父親卻笑出來了。不只如此，隔壁桌一位獨自用餐的美國紳士還對我們用生硬的日語說：

「很辣，可是好吃。」

父親聽了這句話大喜，把整件事寫成隨筆散文。父親的隨筆集《食味風風錄》中那篇〈夏威夷的美味〉就描述了當天這一幕。不過，在這一幕之前，自己的女兒慌忙拉出浴巾，口中發出「好——辣——！」的哀號，臉上還殘留淚痕的事，在他的文章中連一句也沒提到。

「風風錄」之後

以下幾篇，是我在父親過世前寫的文章。

●冬瓜與父親●

老家在大分的朋友送了冬瓜給我。

「我爸從鄉下寄來的，妳吃吃看。」

這位朋友不時會將父親大人種的蔬菜分我吃。這次也給了我紅蘿蔔、水菜、馬鈴薯、玉米和半條冬瓜。我第一次收到冬瓜，想想，該怎麼煮才好呢？

才這麼思量著，碰巧當天晚上我去的中華料理店就端出一道冬瓜湯。怎麼會有這麼複雜又深奧的滋味！澄澈的琥珀色冬瓜湯裡，陸續出現乾香菇、鴨肉、鮑魚、火腿等豪華食材，相較之下，冬瓜本身的味道相當清淡。可是，那充分吸收了四周湯料精華與鮮美湯頭的冬瓜口感綿軟，形成了整道湯的核心。正因有這無味的冬瓜，這道湯才能擁有如此渾然天成的高雅滋味。真是不可思議的食物。

是說，為什麼冬瓜寫成冬天的瓜，卻是夏天的食物呢？

順便也想問問，為什麼夏蜜柑明明是冬天結的果，名字卻叫夏蜜柑？生物的命名似乎各有其緣由。我查了查關於冬瓜的事，發現原來這種夏天收成的作物只要保存在冷暗處，就能一直放到冬天再吃，是為冬瓜。賞味期限怎麼會這麼長啊！順帶一提，聽說冬瓜有降火作用，最適合夏天熱到身體發燙時享用。

至於夏蜜柑之謎，我現在還不太清楚，就繼續聊冬瓜吧。

「好，我也來試著做那種冬瓜湯吧！」

首先，直接把半條冬瓜放上砧板，用菜刀切開。白色的瓜肉清脆，瓜類特有的黃色種籽集中在中間。心想，種子和周圍黏稠的瓜囊應該可以挖下來丟掉，外側的綠色瓜皮也可以削掉吧。丟棄瓜皮與種籽，剩下的白色瓜肉切成偏大的塊狀，放進加了熱水的湯鍋預煮。

「可是，煮太久會跑出酸味喔。」

我忠誠的祕書亞彌彌捧著一本食譜跑過來。哎呀，我慌張地從瓦斯爐上端下鍋子，倒出冬瓜瀝乾。亞彌彌打開的那本食譜，是前幾天與我在雜誌上對談的辰巳芳子小姐著作《煮湯的基礎步驟 和食部門》（文春新書）。

「書裡說，種籽周圍的瓜囊先不要丟掉，之後可以熬煮。」

「……早說嘛，我丟掉了。」

「種籽可以煎過之後泡茶喝，有利尿作用。」

「……早說嘛，這個也被我丟掉了。」

聽我這麼回答，祕書亞彌彌發出平靜的嘀咕：

「是說，請在丟掉東西之前讀一讀這本書好嗎？」

亞彌彌說的完全沒錯。每次我奮發圖強想做點什麼菜，雖然也會先瞄一眼食譜，卻總是還沒讀完就動手了，這是我的壞毛病。心想「喔，是是是，我大概懂了」，總之先動手做就對了，大概就像這樣。即使如此，有時也能勉強做出像樣的東西，當然也有失敗的時候，不過我幾乎不曾為此反省，只會覺得：哎呀，反正味道差不多就好啦！

再說，辰巳老師書裡的冬瓜料理又不是中式湯品，是加了葛粉的日式羹湯，只要知道一開始怎麼處理冬瓜就好。既然我已經把瓜囊丟了，那就乾脆放棄，好好用剩下的白色瓜肉做出好喝的湯吧。

我拿出向「辰巳芳子推薦之味」訂購的「全雞湯底」，加入手邊有的火腿里肌、乾香菇、干貝、蝦乾、八角、生薑和蒜頭等一看就和「中式湯品」很搭的乾料及配料，放進一個大鍋子，當然也把切成塊狀的冬瓜放進去，再用鹽、胡椒、料理酒、老酒、醬油等調味，咕嘟咕嘟煮上幾小時，完成聞起來、嘗起來都很高級的冬瓜湯。

「我至今做過的湯品裡，這道說不定可以排上前幾名。」

老王煮瓜，自煮自誇的我喝了半鍋湯。兩天後，父親來電。

「妳媽說膝蓋痛到不能走路，我從早上到現在什麼都沒吃。」

對了，這種時候就是該喝湯。我想起辰巳芳子老師說的話。

「要體力不好的老人家一次吃多道菜太強人所難，這種時候，讓他們從一道料理中攝取多種營養的方法，就是喝湯。」

我抱著湯鍋開車，雖然自己還想再喝一點，也硬是忍住了。一抵達爸媽家，立刻把湯鍋放上瓦斯爐。

「爸爸，我帶了超好喝的湯來。等一下我會帶媽媽去看骨科，你先喝這湯，等我們回來。」

我得意洋洋地丟下這句話，帶著母親出門。等治療順利結束，我一邊稱讚自己真是個孝順的女兒，一邊回到家時，聽見父親喃喃嘟囔：

「那個不叫湯，應該叫燉菜吧。」

我把湯給煮糊了是事實。不過啊——

從人家溫柔親切的爸爸那裡拿到的冬瓜，進到我家壞心眼爸爸的嘴巴裡就沒了。

●順便做的最好吃●

說到做晚飯時最麻煩的是什麼，莫過於思考菜色。只要決定好菜色，接下來朝那方向進行即可。話雖如此，即使想好主菜要煮什麼，搭配這道主菜的一兩道配菜又該煮什麼好，還是很難馬上有定論。

當然，我一個人住，一餐不需要煮那麼多道菜，多半煮些偷工減料的東西，或是用前一天的剩菜打發也行。問題是，和家人一起吃飯或有客人上門時，思考菜色總是讓我傷透了腦筋。

哎呀，到底該做什麼菜才好呢……

前幾天，我久違地為父親做了晚餐。那天母親住院檢查身體不在家，身為女兒的我便回老家幫父親弄吃的。父親年輕時一定得從下酒菜開始吃起，總要求配飯的菜餚要有菜有肉，還要有醃菜等，至少得準備個好幾道菜。不過，這樣的他現今已九十一歲，怎麼說也吃不了那麼多。話說回來，吃的量雖然減少，對食物的欲望似乎不減當年，嘴上說「吃什麼都好」，看他的表情就知道，心裡想的是「難吃的東西我可不吃」。

「好，難得幫爸爸做菜，我得加把勁！」

還沒想好要煮什麼，我就直奔附近的食材行。

「要是有賣韭菜和豬肉，就能做豬肉炒韭菜了。」

中式的豬肉炒韭菜是我拿手好菜。把豬五花肉片和韭菜分別切成細長條狀，和切碎的蒜頭、生薑一起用油快炒，再用醬油調味即可。簡單又下飯。另一道同樣使用豬五花肉片及青椒、香菇、番茄快炒的料理也是簡單又美味。總

之先把這些食材買起來吧。還有——

「爸爸喜歡吃起司嘛……」

「還是來煮個中式的蝦仁炒青豆？」

看著店內豐富的食材和調味料，忍不住這個也想煮、那個也想做。可是，會不會煮太多呢？不，以防萬一，還是都買吧。我把商品放進籃子裡，想想又拿出來，猶豫不決的結果，買下了怎麼看都不是兩個人能吃完的大量食材，這才踏上回家的路。

「沒關係啦，就算今晚吃不完，做起來放著，爸爸想吃時也方便。」

雙手提著沉重的購物袋，我又驀地在麵包店前停下腳步。對了，家裡好像沒有早餐吃的麵包了。

「喂？爸？我買點麵包回家好嗎？」

我不該打這通電話的。

「好啊，我要吃可頌。還有，今晚想吃車站前中餐館的東坡肉，妳再順便買點小籠包回來，我記得那家店可以外帶。」

爸爸的胃似乎已經做好迎接東坡肉的萬全準備。早知如此，就先打電話問他了。

回到家，從購物袋裡拿出食材。既然已經有東坡肉和小籠包，豬肉炒韭菜就不需要了吧。青椒、香菇、番茄、豬五花的中式熱炒也取消吧，否則會一桌都是肉。

「要不要吃蝦仁炒青豆？」

我這麼隨口問了爸爸。

「今晚不要。」

啊？是喔。那豆腐呢？燙豆腐、涼拌豆腐……連皮蛋豆腐的食材我都準備好了。

「有那就夠了、可以了。」

那我就做囉。還買了秋葵，因為青菜有點不夠，所以就做了醋漬秋葵。

「也有買起司喔。」

「啊、冰箱裡有羊奶起司，那個好。」

啊？是喔。

我的計畫大大亂了套，卻不知為何自己忽然想吃歐姆蛋。嘿，那就幫自己做個歐姆蛋吧。雖然已經有皮蛋料理了，也罷，想吃就做吧。

如此這般的，餐桌上最後擺了主菜東坡肉、重新蒸熱的小籠包、皮蛋豆腐、加了番茄與香菜的歐姆蛋、醋漬秋葵和剛起鍋的飯。切好起司，我和父親兩人舉起啤酒：「乾杯！」

父親先以微微顫抖的手拿起小籠包，一口就是一個。接著把東坡肉送入口中，就是遲遲不去碰皮蛋豆腐。

「也吃吃這道……如何？」

我裝作若無其事的樣子勸菜，探問感想。

「怎麼濕濕的。」

是豆腐出水了吧。虧我還在皮蛋豆腐上加了父親喜歡的香菜、生薑和長蔥，自認做出了多層次的口味，卻沒能獲得稱讚。父親的筷子接著伸向秋葵。

「這個好吃。」

哎呀，出乎意料。雖說無論如何也算鬆了口氣，但這道秋葵可是今晚的菜餚裡最不費工的一道啊。只須洗乾淨、切成小段後放進碗公，加一點醬油、醋和化學調味料，像攪拌納豆那樣拌一拌就完成了。

父親的筷子又伸向我為自己煎的歐姆蛋。不料。

「這個歐姆蛋很好吃，真好吃。」

哎呀，是喔。那可真感謝。

就這樣，專程買回來的大量食材幾乎沒派上用場，只想順便做來吃吃的秋葵和歐姆蛋卻意外得了高分。

所以我才說想菜色很難。

●餐餐十種食材的挑戰●

母親動了心臟手術。雖然手術順利也平安出院，醫生卻要她今後注意飲食生活。以前父親和哥哥曾在同一間醫院動過手術和接受健康檢查，熟悉他們健康數據的醫生說：

「整體而言，阿川家的各位好像都有低密度膽固醇（壞膽固醇）過高的傾向呢。」

我心頭一驚。其實自己幾個月前在醫院檢查時，也被說了一樣的話。

「好幾處出現動脈硬化的現象。」

所謂動脈硬化，似乎是指動脈中的脂質及碳酸鈣等沈積、附著於血管內壁，造成血流不順的狀態。如果只是血管變細還算好，要是血管完全堵塞，則有可能致命。母親的狀況聽來正是如此。

「醫生說妳之後都要小心，不能吃太多油膩或重口味的食物了喔！」

我對母親這麼說。

「哎呀，是喔？其實我啊……」

還以為她想說什麼，沒想到——

「每次拿出一盒新的奶油，我都習慣先咬一口吃耶，以後也不能這麼做了是嗎？」

母親竟然會做這種事！我都不知道。身高不到一百五十公分，體重頂多四十三公斤的母親身材嬌小，光看她的體型，實在不認為她有營養過剩的問題。然而仔細想想，她確實經常在烹飪時使用奶油或其他油脂類。

「不可以再那樣了喔。」

不瞞各位，在這裡斥責母親的女兒我自己，也從以前就特別愛奶油。不管是在麵包上抹一層厚厚奶油，或是在水煮玉米上塗奶油，都是我最愛的吃法。國中時，忘了在哪本雜誌上看到「奶油茶泡飯」就迷上了，經常做來當宵夜。

先在熱騰騰的白飯上盛一塊奶油，撒上切碎的西洋芹、鹽、胡椒，再滴幾

滴醬油，最後澆上熱茶後蓋上碗蓋。

「那個真的很好吃呢。」

「以後也不能再那樣吃了啊。」

我和母親聊起種種奶油舊事，聊得興高采烈。當時怎麼想得到總有一天血管會被奶油堵塞。

母親出院前，我去聽營養師開的課，學了很多。過去，我們母女倆煮菜吃飯幾乎從來沒有考慮過卡路里。

「一天只能攝取六公克的鹽。」

「只有六公克？」

「醬油因為用量的關係鹽分相對高，請多注意。」

「哎呀，這樣喔？」

「起司的鹽分也過高。」

「連起司也得少吃了嗎……」

不只如此，以母親的情況來說，明明必須節制鹽分和脂肪攝取量，整體來說卻有卡路里不足的傾向。

「得多吃點才行。」

這下到底該怎麼辦才好。

這時，我赫然想起一件事。以前NHK電視節目《試試就知道》曾介紹過一個叫「十種食材表」的東西。十種食材指的是肉類、魚類、蛋、乳製品、黃豆類、海藻、芋類、水果、油脂類及綠黃色蔬菜。一餐之中必須齊備以上十種食材，每種分量不拘，唯獨每一種皆不可少。當我看到「分量不拘」時，也懷疑過「這樣沒問題嗎？」不過，提倡這方法的人說「若想攝取十種食材，自然每一種都只會攝取少量」。原來如此，也是有道理。聽說採用這方法的某村莊高齡者身體都變得更健康了，我還記得當時看到這實際的成果，心裡佩服得不得了。好久沒想起這件事了。

「對啦，就建議媽媽採用這方法吧。」

我把網路上找來的「十種食材表」列印下來，立刻交給母親。

「這個啊，就算只有晚餐這樣吃也好，妳試試看。一天只要一餐有好好攝取十種食材就得十分，十天下來得一百分。以一百分為目標加油吧。」

說完，我就離開爸媽家了。只是之後，他們倆似乎連試都沒試。

最讓我擔心的，是父親對「節制鹽分與脂肪」一事相當反對。

「盡量不要用油，吃口味清淡的食物。」我才剛如此提議，他就像個耍鬧的小孩猛搖頭說：「才不要……」

「我都這樣吃到九十歲了，現在別想叫我去吃那些難吃的東西。」

嗯，父親說的也有他的道理。要限制高齡者的飲食不是一件容易的事。

那麼，不如我自己順便來實踐一下這套「十種食材表」吧。一試之下，發現了件有趣的事，雖然今天才開始第四天，看來，我的飲食生活有缺乏魚類與海藻類的傾向。我動不動就吃肉，而且偏好大量油脂調理的吃法。把原本未經深思就決定的菜單和提醒自己攝取十種食材決定的菜單拿來比較，發現兩者出現很大差異。順帶一提，我今晚的菜單是煮豆腐、綠花椰菜沙拉、醬泡海帶芽、火腿蛋炒飯、煎餃、醋漬海髮菜、水梨泡菜沙拉，甜點則是優格。少了魚類和芋類，只得八分。

●混沌祕境●

最近，我在父母家做菜的機會增加了。一方面父母已屆高齡，家裡只有兩個老人家的生活令我愈來愈不放心，另一方面是母親動了心臟手術後，必須控制鹽分和膽固醇的攝取量，我必須不時上門檢查，不然也會擔心。

回家做菜時，我心想不如順便搜索一遍冰箱吧。母親最近一轉頭就忘記自己冰了什麼進冰箱。因為她個子嬌小，好像看不到放在上層的東西。一看不到就放著不管，放久了連冰過什麼都忘。就這樣，冰箱形成了祕境。

「別弄了，我自己會處理……」

站在打開冰箱門強制搜索的女兒背後，母親發出哀號。不過，我可絲毫不

退讓。

「冰箱裡太多壞掉的東西了。妳看，這個醋橘都冰得硬梆梆了。啊、這瓶鮭魚整瓶都長黴啦！吼唷，這小黃瓜整條都爛了嘛！」

接著，我打開冰箱抽屜。

「這什麼？這種根本看不出是什麼東西的食物絕對不會再拿來吃了吧？丟掉丟掉。」

毫不留情的我，不斷把東西拿出來丟掉。

「不要再丟了！拜託啦！」

「不行不行，我要繼續丟！」

我覺得自己就像鐵石心腸的國稅局女調查員。沒過多久，母親苦著一張臉，沮喪地湊過來看著我說：

「那妳自己家的冰箱裡面又是怎樣？」

唔，踩到我的痛腳了。

「我家？我家的冰箱更恐怖喔。」

一聽到女兒的告白，母親立刻說：

「我就知道。」

只見她露出得意的表情，發出咯咯笑聲。記憶力雖然衰退，這位媽媽還是挺犀利的嘛。

回到自己家，打開自己的冰箱，我再次嘆氣。對別人的冰箱可以鐵血無情，為什麼對自己的冰箱就這麼優柔寡斷呢？

我覺得冰箱跟手提包很像，不知不覺中充滿用不著的東西。錢包、記事本、眼鏡、小鏡子、手帕、小毛巾、扇子、面紙、名片……以及一疊還沒整理的別人的名片、過期的高爾夫球場折扣券、不知道是集什麼點的集點卡、為了怕搞丟鑰匙而買的附掛勾鑰匙圈。不知為何有三條的眼鏡布、皺巴巴的便條紙，用過的牙刷、棉花棒，還有五支原子筆……

「為什麼妳的手提包總是這麼重？」

母親每次拿起我的手提包都會講這句話。但是，說這種話的她自己，每次出門除了小包包外，總還會提一個大手提袋。

「為什麼妳每次都要提兩個包包？」

我質問母親好幾次。

「因為不知道什麼時候會在哪裡需要什麼啊。」

不能征服手提包的人也無法征服冰箱。這是我發明的格言。

好，回到我的冰箱現在到底是什麼狀態，實在教人難以啟齒。舉個例子，深秋時人家送了我高級柿子，我一直想弄來吃，從好久以前就放在蔬果盒的最上層，打開冰箱一眼就能看見的地方，卻始終沒去動過。

為什麼沒去動呢？因為這柿子已經熟透，沒法用刀子切了。也因為變得軟爛，柿子上面不能放其他東西。又因為這樣所以很占空間。乾脆豁出去丟掉吧。不、那樣太浪費了。這柿子非常好吃啊。

說來理所當然，當初人家送我時，柿子還是硬的。原本我喜歡的就是偏硬的柿子。放進嘴裡咬一口，在參雜一絲苦味的甜味中爽脆地裂開。我喜歡這樣的柿子。然而時光流逝，柿子一天比一天熟爛。

以前我住的公寓附近有個「我老公最愛吃熟透柿子」的朋友，就算人家送的柿子已經軟爛，她也會高高興興收下。但是，自從我搬到現在住的地方，想拿東西給他們夫妻倆也不方便。

「好吧，做個醋拌柿子蘿蔔好了。」

碰巧柿子旁邊就躺著一條白蘿蔔。這條白蘿蔔也有點乾癟了，最適合拿來做醋拌蘿蔔。將蘿蔔切成短條狀，用鹽巴輕輕抓幾下，再跟柿子軟爛的果肉用醋拌在一起，最後切點柚子皮碎末灑上去，這就完成了一道佳餚。

「喔喔，滿新潮的口味嘛。」

吃一口佩服起自己，吃兩口心滿意足，然後，很快就吃膩了。醋拌柿子蘿蔔實在不是能吃太多的東西。

盯著剩下的爛熟柿子看了一星期，我再次下定決心。

「好吧，來試試看這個！」

用手剝除爛熟的柿子皮，挖掉種籽，果肉放進食物處理機。一顆、兩顆、三顆，嘰哩嘰哩！

完成了！柿子果汁。放進冰箱裡冰鎮再喝，味道挺不賴。不過，換句話說，味道跟直接吃柿子沒有兩樣。我下了第三次的決心。

「從今天起，我決定要成為喜歡軟爛柿子的人。」

而我的冰箱依然是個混沌祕境。

●久違的鰤魚●

父親住院時，我答應一個人留在家的母親陪她吃晚飯。可是，白天的工作拖了太久，等我到家都超過七點半了。

「抱歉抱歉，我回來晚了。」

一踏進玄關，一股好聞的氣味便刺激我的鼻腔。家中充滿香味。

「啊！」

母親像機關猴子玩偶一樣拍著手說：

「我把鰤魚給忘了！」

接著，她立刻轉身衝進廚房。

最近，母親經常一轉頭就忘了手邊的事。雖然我也沒有立場說別人，母親的健忘次數確實比我多一點。

「啊——燒焦了啦。」

「沒事、沒事，聞起來還是很好吃。」

八十四歲的老母親不顧自己膝痛，親自為女兒煮飯、做照燒鰤魚，我只有感謝可言。急忙洗手進廚房，用從自己家帶來的番茄做成沙拉，再清燙一把母親愛吃的四季豆當配菜。

「那就開動囉！」

各自倒了一小杯紅葡萄酒，我和母親兩人簡單碰杯。鰤魚！鰤魚！。

「嗯，好吃耶！」

剛炊好的白飯和照燒鰤魚。簡樸的料理與漬菜。雖然餐桌上只有這些東西，心與胃卻不知道有多滿足。

仔細想想，我很久沒吃照燒鰤魚了。自從開始一個人生活，自己在家做飯時，往往傾向選擇不花太多時間的肉類，很少把手伸向魚類。不過，說起來鰤魚照燒這種料理，也只要用味醂和醬油等調味料醃過魚塊再烤來吃即可。好，下次我也試著自己做做看。

才剛這麼一想，碰巧在電視上看到人家介紹「好吃的照燒鰤魚作法」。

「首先在鰤魚上撒點鹽，沾一層薄薄麵粉，用少許油在平底鍋中煎到雙面呈金黃色。」

咦？沾粉用平底鍋煎……？

「利用煎魚的時間準備醬汁。材料是醬油、味醂、料理酒和砂糖。鰤魚煎成金黃色後，加入調好的醬汁，用湯匙反覆舀起醬汁淋在魚塊上，持續煮到醬汁收乾。」

喔喔，一邊淋醬汁一邊煎啊。

「旁邊再添一點白蘿蔔泥就完成了。」

原來如此，這看上去也很好吃。

我之所以逃避魚類料理，部分原因是嫌清洗烤網太麻煩。或許正因為嫌麻煩，每次吃完飯，總要等到把所有該洗的碗盤都洗乾淨，鬆了一口氣時才想到「啊、烤魚的網子還沒洗」。要是當天晚上能想起來還算好，有時就這麼擺上好幾天都忘了洗，等到整間屋子飄散一股魚腥味，歙著鼻子到處找才發現。

「哎唷喂，忘記洗了啦！」

烤網底下水盤裡的水早已蒸發。用海綿刷洗只剩下茶色烤焦痕跡的烤網和水盤，感覺自己真不中用，哪有資格責怪媽媽忘東忘西。

不過，這次我幹勁十足。畢竟不必洗烤網，只要有平底鍋，一樣能吃到美味的照燒鰤魚。

我立刻前往附近超市，往海鮮賣場一看，卻沒看見鰤魚的蹤影。真奇怪，鰤魚明明正當季啊。可能是賣光了。和我一樣起意「今晚煮個照燒鰤魚吧」的人一定很多，或許是受到電視節目的影響。

冒出「想吃！」的念頭卻無法在當天吃到，是一件令人落寞的事。這天我只能放棄，改買三種生魚片拼盤回家。

剛煮好的白飯配生魚片，這也是我喜歡的吃法。然而，胃仍發出微弱的聲音哭喊「鰤魚——」。好啦好啦，下次一定會買鰤魚回來做成照燒。

幾天後，我再度前往超市，這次買到了唷。兩片切好的鰤魚塊，要價五百六十圓。我興高采烈放入提籃，再買一根白蘿蔔。一回到家，立刻開始備料。

按照（大致上啦）電視上介紹的食譜煎鰤魚，熬煮醬汁收乾的過程，彷彿幫小嬰兒洗澡，滿懷愛意地往那白白胖胖的肚子和手臂淋溫水。一邊叨唸「變好吃吧，變好吃吧」，一邊對鰤魚澆淋醬汁，反覆幾次，終於煎出漂亮的照燒鰤魚，盛盤，旁邊添加磨好的白蘿蔔泥。然後，與剛炊好的白飯一起送入口中……

也不是不好吃，味道確實頗為專業。但是，總覺得哪裡不太對。和母親煮的照燒鰤魚不太一樣。該怎麼形容這種不一樣的感覺呢？

我猜，母親做的照燒鰤魚並不太講究。她就只是用醬油、料理酒和味醂浸泡鰤魚，放一會兒，再用烤網烤一烤而已。

下次，問問母親的作法吧。

「教我怎麼做照燒鰤魚。」

還是聽媽媽的吧，洗烤網只是小事一樁。

●懷念青春歲月裡的栗子羊羹●

因工作去了一趟信州上田。

從東京車站搭乘長野新幹線，聽見「即將抵達輕井澤」的車內廣播時醒來，窗外已是一片雪景。之後途經佐久平，抵達上田車站前，我都把額頭抵在車窗上，盡情享受這片雪景。雪山美得彷彿洗滌了心靈。仔細想想，我已經好久不曾於冬季造訪信州。

「來過上田嗎？」

才剛抵達，當地人就這麼問我。我環顧上田車站周遭，想起了從前的事。是啊是啊，年輕時我來過這車站好多次。當時新幹線尚未開通，車站建築與周遭事物與現在多少有些不同，不過，走出車站時，眼前景物開展的模樣仍令人懷念。

超過三十年前，冬天時我經常與朋友一起，從車站前搭計程車去峰之原高原滑雪。順帶一提，夏天我們也會在同一個高原舉辦網球宿營。

當時年輕人多半住民宿。民宿比飯店便宜，又比滑雪場宿舍時髦。民宿大多是家庭式經營，家裡有爸爸媽媽，吃飯時間孩子還會幫忙端菜上桌，也會幫忙整理房間。民宿充滿家庭溫暖的氛圍，讓人住起來輕鬆舒適，感覺自己像是這家人的親戚。有時也會和其他房客一起進廚房洗碗，晚上和屋主在暖爐前喝酒聊天。真是青春哪。

我的鄉愁還是先擺一旁吧。這次要去的地方，在距離上田車站開車不到二十分鐘的山腹，是一間名為「信濃素描館」的小型美術館。我在那裡有個演講，是為了紀念早逝畫家村山槐多的活動。他的作品也是館藏之一。其實，素描館旁還有另一間「無言館」，這裡展示的是在戰爭中陣亡的美術學生畫作。如果沒有戰爭，這些十九、二十歲的年輕人不知將成為多有魅力的藝術家。名為戰爭的怪物，又不知從多少家庭奪走這些才華洋溢的生命。例如，峰谷清出征前為最愛的祖母畫下肖像畫，從此再也沒有回來。當我站在出生於千葉縣，得年二十二歲的他的遺作《祖母像》前，不由得一陣心痛。他的祖母奈津女士，又是懷著什麼樣的心情，為這幅畫擔任模特兒的呢？和在峰之原高原上忘憂滑雪，盡情享受青春的我差不多年紀，峰谷清卻為國家奉獻了自己的生命與才華。

結束演講後，再次回到上田車站。這時，往日記憶忽然浮現腦海。還有一

點時間，我匆匆跑進車站商店，找尋想要的東西。

栗子、栗子、栗子羊羹。啊、找到了。

正想拿起一份，又看到旁邊架上有另外兩種不同牌子的栗子羊羹。到底哪種最好吃呢？猶豫許久之後，我選定一個，拿到收銀檯邊。為求保險，又詢問了店員：

「請問……哪個牌子的栗子羊羹最好吃？」

店員小姐瞬間露出不知所措的表情。這也難怪，要是指定其中一種，銷售量就會分出高低。

「每一種都好吃喔。」

就在我預測將得到如此回答之後，她卻說：

「我們比較喜歡S堂的，內餡吃起來有點說不出的不同。」

我立刻說「好、那我知道了」，把遞出的羊羹收回，再次跑回架子旁。手上的羊羹放回去，照店員小姐說的拿了S堂的羊羹。當地人的意見準沒錯。猶豫不決時，問當地人就對了。

記得年輕時，車站商店裡還沒這麼多種牌子的羊羹。當時總是毫不猶豫拿起一份就到收銀檯結帳了。不過，現在是地方名產競爭激烈的時代，大概是陸續出現競爭對手了吧。

幸好我不顧一切問了店員。懷著雀躍的心情回到家，隔天早上跟我家祕書亞彌彌描述了在「無言館」的感動和選擇栗子羊羹的始末後，我們立刻進入茶點時間。

「怎麼樣？」

「哎呀，真的好吃。」

「嗯嗯，這樣啊。」

我倆拿起羊羹切片，仰頭放進口中品嚐。栗子的香氣與紅豆餡的甜味確實輕柔滿溢。

「好好吃喔。」

「對啊，真好吃。」

儘管嘴上這麼說，我心中卻有不同感想。

和記憶中的栗子羊羹，好像有一點不一樣……

年輕時，從上田車站買回來的栗子羊羹，濃縮的黑色餡料間夾著大顆的黃色栗子。

我想念那大顆的栗子。咬一口羊羹餡，裡面夾的鬆軟栗子跟著裂開，Q彈羊羹包著鬆軟栗子，兩者同時在嘴裡融合，令人懷念的口感。

到了這把年紀，還能想起年輕歲月裡栗子羊羹帶來的感動，這也是一種幸福。那些美術學生如果還在世，大概和我父親差不多大。

滿足饞嘴的幸福

今年秋天起，因緣際會下，我有生以來第一次以演員身分參加電視連續劇《陸王》演出。這是由直木獎作家池井戶潤原著改編的連續劇。過去，改編池井戶作品的連續劇締造過好幾次佳績，製作單位也特別卯足了勁。在這麼一齣倍受期待的連續劇中，我這個演技外行人混進去真的沒問題嗎……雖然不是沒有如此猶豫過，在我那天生對什麼事都想一窺究竟的個性與製作人「請務必參演！」的場面話推波助瀾下，也就接下了這份工作。

然而，展開拍攝後，我才發現那是一份繁重到超乎想像的工作。或許與不

習慣這類工作場合也有關係，現在自己身處何種狀況，什麼時候攝影機會對著自己拍，身體該或不該朝哪個方向移動，聽到響遍四周的高亢「ＯＫ！」，原以為這一幕就此完成，不知為何卻又不是那麼回事。有時還得改變攝影機位置拍另一個角度或人物特寫，有時則出現掛在機器吊臂上的攝影機，從上方往下拍攝。即使現在我已漸漸理解這些拍攝眉角，剛開始拍戲的時候，真是從早到晚戰戰兢兢。還有，以為只是彩排就鬆懈了心情，聽著役所廣司先生及志賀廣太郎先生美妙的嗓音，內心陶醉地想「哇喔，真不愧是舞台劇演員！」時，周圍忽然一陣靜默。抬頭一看，不只所有演員，連包括導演在內的全體工作人員都盯著我看。

「嗯？」

「再來輪到明美（我在劇中的名字）了喔！」

導演眼中閃過嚴厲的目光。

「哎呀，真是不好意思。」

現場瀰漫一股無法嘻皮笑臉帶過的氣氛。這下可糟了，我好像接下一份很不得了的工作……尤其是剛開始那陣子，簡直就像人家撿來的小狗（不好意思，應該是老狗了），鎮日膽顫心驚。

不過，也不能一直那麼畏縮。就算不是那樣，其他演員和多達五十人的工作人員，每一位都是自己工作崗位上的專業人士。混進來的我要是抱著敷衍了事的態度，只會扯大家後腿。眾人或許不期待我發揮高超演技，但是萬一因為我的緣故，瞬間讓整齣戲劇的氣氛遭到破壞，那可真不知道要怎麼做才擔得起這個責任。

再怎麼戰戰兢兢，習慣拍片現場之後，我也慢慢摸得清狀況了。一旦現在不需要我上場，就利用空檔時間拚命背誦台詞。不光是記住台詞就好，口條必須流利，語尾得發音清晰，還要融入角色的情緒，並加上適當的動作。不只是站著唸出台詞，有時需要邊走位邊說話，有時拿下老花眼鏡，或是舉起雙手，把手插在腰上，配合身邊演員的台詞移動視線……等等，我用自己對劇本的解讀，在肢體語言上下了一番工夫。反正不行的話，導演就會做出「不是那樣，應該要這麼做」的指示。

有時在走廊角落，有時在布景背面，我全神貫注於自主練習。不只我這麼做，就連主演的役所廣司先生在被叫到布景之前，也常像隻北極熊一樣到處走來走去，或是蜷曲在沙發上死命背台詞。主角的台詞數量非同小可，役所先生的台詞句子又總是很長。

「唉，只要沒有台詞，拍戲都是開心的事啊。」

某天聽見役所先生這麼嘀咕，我一邊笑出來，一邊又很感動。連資深演員都這麼辛苦，很少遇到長句台詞的我，得付出人家十倍的努力練習才行！雖然這麼想，每次和役所先生四目相對，他都會笑咪咪地說：

「阿川小姐，總覺得妳今天也好開心呢，真不錯。」

實在不敢反駁「別看我這樣，我也是拚了老命的喔」。

就這樣，一整天為了把台詞塞進腦袋裡而四處踱步的我會怎樣呢？應該為計步器貢獻了不少步數吧。結果，我的雙腿肌肉痠痛，還有，動不動就覺得肚子好餓。

不管拍外景還是在攝影棚內，拍片現場一定會在角落設置「零食區」。除了裝在大茶桶裡的熱咖啡、冰咖啡和冰茶，還擺滿了巧克力、香蕉、喉糖、仙貝、洋芋片、餅乾或瑪芬糕等食物。看上去就像一間氣派的零食店。不只如此，這間零食店的規模一天比一天擴大。每天早上開始拍攝前，ＡＤ都會這麼宣布：

「今天承蒙○○先生送來慰勞的瑪德蓮蛋糕！」

啪啪啪啪！掌聲與歡呼聲四起。在劍拔弩張的拍攝現場，點心可說是大家的心靈綠洲。

送慰勞品的不只演員們。來參觀現場的原作者、來採訪的記者、贊助廠商相關人士等，陸續送來慰勞品。我也送了好幾次，包括別人給的烘焙點心組、從山形寄來的麝香葡萄、賞味期限稍微過了幾天的巧克力。我一邊事先聲明

「賞味期限過了幾天」，一邊遞出巧克力。「哎呀，真的耶，兩塊黏在一起了。不過沒問題，還可以吃。」其中一位演員毫不修飾地給了這樣的感想，我只好偷偷把巧克力塞進零食區，不讓大家發現是誰帶來的。

等台詞記得差不多了，我也不再四處踱步，總在不知不覺中走向零食區。先拿紙杯裝一杯熱茶或熱咖啡，一手拿著杯子挑選想吃的東西。心想，有沒有什麼好吃的呀，就像在零食店裡挑選零食一樣。

其實我不常在正餐之間吃零食。以前也曾寫過一段兒時記憶，提到我家基本上沒有「吃點心」這個概念。並不是因為全家人都不愛甜食，父親甚至很喜歡吃甜的東西。只不過，父親沒有在午餐與晚餐中間吃零食的習慣。他總會在吃過晚餐後，小酌到稍有醉意，臉色也發紅時問母親或我：

「喂，有什麼甜的可以吃？」

這時他要的也不是煞有介事的甜點。一小塊羊羹，一個包餡小饅頭都可以。就算是母親邊說「已經軟掉了」，邊從罐子裡拿出來的餅乾碎片，父親也會一把搶過，放進嘴裡。

「嗯，確實軟掉了。」

儘管這麼說，卻又提出「再給我一片」的要求。

有時，父親會心血來潮似的要母親「蒸紅豆」。

「一輩子只要能吃到一次就好，真想吃又甜又好吃的紅豆。」

就我所知，父親這輩子早已不知道吃了幾次母親蒸的紅豆。不過，每逢他想強調自己有多「想吃」時，父親就會頻繁說出這句話。

「一輩子只要能吃到一次就好。」

在父親強烈要求下，母親只好為他蒸紅豆。他會走到正在蒸紅豆的母親身邊說「聞到香味了」，然後催母親：

「糖放多一點，再多一點，別這麼小氣。」

冷眼旁觀這樣的父親，我總是擔心蒸出來的紅豆到底會多甜。然而，準備吃蒸好的紅豆時，他又會說出更恐怖的話。

理所當然的，吃蒸紅豆前已經吃完晚餐了。

「紅豆蒸好沒？快拿給我吃！」

我將母親蒸好的鬆軟紅豆裝在小碟子裡端給父親。只見他拿起旁邊的湯匙，喜孜孜地舀了一口品嚐，接著一定會說這句話：

「砂糖，幫我在上面撒砂糖。」

我嚇了一跳。

「不會吧，已經夠甜了。」

我深知製作這道蒸紅豆的過程已加入大量白砂糖，所以才這麼勸他。但是，父親一臉「妳少多管閒事」的表情瞪著我：

「廢話少說，去拿砂糖來就對了。」

然後，父親會將白砂糖撒在已經十二分甜的蒸紅豆上，再用湯匙舀一口，心滿意足地咀嚼。

「就是這個顆粒感，難以抗拒啊。」

如此嗜甜的父親，不知為何對「零食」一點興趣也沒有。而在父親養育下成長的我，到現在也還未曾有過想吃甜食的衝動。

在家寫稿，有時會忽然想吃點什麼。走出書房，站在冰箱前。打開冰箱，打量架上的東西。

「您想吃點什麼嗎？」

貼心的祕書亞彌彌立刻飛奔過來問。

「上次○○小姐送的馬卡龍還有喔，也有費南雪蛋糕。」

枉費她熱情建議，我卻「唔……」了一聲，提不起勁吃那些東西。最後，我從蔬果盒裡拿出小黃瓜洗乾淨，再打開冰箱取出一個小瓶子。那是這陣子我迷上的四川調味料「花椒辣醬」。用小黃瓜沾這個，一口清脆咬下，嗯，好吃。

「喔，原來您是想吃這個啊。」

亞彌彌這麼說。其實也不是每次都這樣，不過，甜食似乎總是無法滿足我的嘴饞。

「明明餐後也會吃甜點，阿川小姐真的對零食沒有興趣呢。」

在亞彌彌的驗證下，我心想，遺傳這種事真的跑不掉。

問題是，我總不能在拍片現場喀啦喀啦啃小黃瓜。

「好想吃點什麼……」

站在年輕工作人員精心布置的「零食區」前，我一邊認真思考一邊挑選。思考了半天，終於抓起其中一個。有時是巧克力，有時是糖果，有時是花生糖。吃進嘴裡，我也覺得「很好吃！」這不是謊言，但是，現在能滿足我的卻不是這些東西。那麼會是什麼呢？這我就不知道了……不如，下次帶小黃瓜和味噌來當慰勞品好了。

赤手捏飯糰

出門打高爾夫球時，多半會去便利商店買早餐。寂靜的早晨，路旁便利商店自動門發出特別響亮的叮咚叮咚聲。我朝賣場內側走去，盤算該買飯糰還是三明治。猶豫了好一會兒，從中選定一種。和當天的心情也有關係，不過選飯糰的比例還是比較高，和三明治相比大概是六比四。那麼，選哪種口味好呢？鮭魚口味好嗎？還是梅子口味……明太子口味、五目雞肉口味、鮪魚沙拉口味……哎呀，真是眼花撩亂。內心高唱「人生就是選擇的累積」，最後選的不是梅子口味就是鮭魚口味。雖然偶爾也想吃個不同口味，結果還是拿起鮭魚或

梅子。

話說回來，最近的飯糰做得還真精緻。無論是維持海苔清脆口感的塑膠袋包裝，或是種類繁多的口味，從中都可看見廠商盡了最大努力。回想起來，我小時候日常生活中還沒有如此輕易就能在外買到飯糰的環境。

聽說飯糰這種食物歷史悠久。江戶時代已是旅人常見的攜帶食品，或被當作農作空檔的便當，深受人們喜愛。根據文獻記載，進入明治時代之後，旅館開始在車站販售竹皮包起的飯糰，這就是火車便當的由來。

這麼一說，我想起國二那年第一次去滑雪。早上先在旅館玄關集合，準備朝滑雪場出發時，身穿棉襖的旅館大叔發給每個參加的孩子用樹皮包住的便當。咦，是什麼呢？拉開繩子偷看內容，原來是大得嚇人的兩個三角形飯糰，以及兩片醃蘿蔔。

「這就是你們的午餐，收進背包裡吧。」

聽到老師這麼說，我偷偷皺眉，內心嘀咕「竟然沒有配菜？」而且這飯糰也太大了吧。想歸想，只能姑且把飯糰收進背包。然而，等到在滑雪場上又是跌跤又是掉板子，好不容易學會八字前進，手都已經凍僵，也因為太冷而眼淚流個不停。

「好，中午休息！大家可以進小木屋吃便當了！」

拍掉沾了滿身的雪片，摩挲凍僵的指尖，坐下來打開樹皮，吃起飯糰，真是美味得難以形容。那可能是我第一次吃到母親以外的人捏的飯糰，除了訝異於不熟悉的形狀，兩個大大的三角形飯糰怎麼看都吃不完。沒想到，最後竟然吃得一粒米也不剩。

小時候，還有另一個關於飯糰的回憶。一樣是運動之後的事。夏天去游完泳回到家，母親一定捏好飯糰等我。充分消耗體力之後吃到的飯糰美味無可取代。那時的飯糰裡面包些什麼料，我已經想不起來，只記得大口咬下飯糰的瞬間，內心暗自下了一個決定。今後如果有人問我在這世上最愛吃的東西是什麼，我一定要回答「飯糰」。這份決心後來動搖了幾次，但是那天媽媽做的飯

糰特別好吃的記憶，不知為何始終刻在心上。

母親捏的飯糰不是三角形，而是形狀類似土俵的小飯糰。吃起來不會太大，也不會太小，雖然拿在手裡沒有沉甸甸的分量感，吃完也不會感到空虛。飯糰的形狀，就像我那怡然自得的母親。

我想學母親捏一樣大小的飯糰，卻不知道為什麼，總是無法捏出與母親一樣的形狀。我捏的飯糰不夠穩重，大小也參差不齊，看上去很任性。當年還是小孩子的我，默默明白了一個道理，原來飯糰的形狀能體現出捏的人的個性。

父親總是說，飯糰一定要赤手捏才好吃。

「抹在手掌心的鹽巴和手上分泌的不知道是賀爾蒙還是汗水體垢的東西起了化學作用，飯糰才會好吃。」

不知他是在哪學到的，總之，父親幾乎每次吃飯糰時都提起這件事。竟然是手心分泌的荷爾蒙或汗水體垢！儘管覺得有點髒，但他說的應該沒錯，身為女兒的我一心這麼相信。

長大之後，吃到母親手捏飯糰的機會減少，倒是自己捏飯糰的機會增加了。愈來愈常自己捏飯糰後，我捏的飯糰不再承襲母親的土俵形狀，變成了三角飯糰。並不是想反抗母親，只是不經意發現自己手的形狀更適合捏三角飯糰。每次捏三角飯糰，我都在心中向母親道歉。要是知道女兒沒能繼承自己的飯糰，母親大概會很失望吧。

應該是大學的時候，有個自帶食物的小派對，我帶了自己捏的飯糰去參加。正當我將飯糰擺在大盤子裡，問眾人「要不要來點我自己捏的飯糰」，其中一個參加者卻說：

「抱歉，我不敢吃別人捏的飯糰。」

那是我第一次遇到不敢吃別人捏的飯糰的人。與其說生氣，不如說驚訝，原來世界上有這麼神經質的人。不過，過了一段時間，我就知道這種人一點也不稀奇。直到現在，每當起意想捏幾個飯糰帶去哪裡時，同時也會浮現「還是算了」的念頭。因為那裡也可能有人不敢吃別人捏的飯糰，帶飯糰去反而被嫌棄的可能性很高。這麼一想，我就改變主意了。

「隔著保鮮膜捏就好啦！這樣手不會直接碰到飯粒，捏起來也輕鬆。」

原來如此，還有這一招啊。不過，這真的是個好主意嗎？父親的教誨浮現腦海。飯糰得靠鹽巴和手心滲出的汗水、荷爾蒙或體垢引發化學作用才好吃。

有一次，ＮＨＫ晨間節目請我去當特別來賓。當天一走進休息室，我就發現化妝台上放著一小包東西，上面還附了一張便箋。

「請用這當早餐，今天也請多多指教。有働久美子。」

太有心了。原來是來自主持人有働小姐的禮物。打開包裝，裡面是用保鮮膜包起的一顆鹽味飯糰。這是每天播出的帶狀節目，有働小姐恐怕半夜兩點就得起床，不但要為現場直播預先準備和學習，還要化妝。在這段充滿緊張與壓力的時間裡，她在出門前竟為特別來賓捏了飯糰。多麼了不起的人。滿懷感動打開保鮮膜，咬下一口，飯糰美味得令我驚愕不已。

老實說，在這之前我自己不太常吃什麼料都沒包的鹽味飯糰。總覺得沒包餡料好像少了點什麼，就算只是梅子或佃煮也好，飯糰裡頭就是得包點什麼。然而，這顆只有鹽味的飯糰進入我那還有點睏的胃囊，我才終於懂得白米飯的美味。

好，我也來學有働小姐捏鹽味飯糰吧。有了這個想法的第一天，我打算捏了飯糰帶去工作，就把冷凍白飯放進微波爐。利用加熱白飯的時間攤開一片保鮮膜，朝上面撒鹽，再盛起拳頭大的熱白飯放上去，用雙手包起來捏。可是，我的鹽巴比例不太對，在保鮮膜上撒鹽時，沒辦法撒得平均。也可能是我捏的方式笨拙吧。總之，試吃一個捏好的鹽味飯糰，果然不夠鹹。打開保鮮膜，追加鹽巴。再捏。再咬一口。還是不夠鹹。原來鹹味飯糰需要那麼多鹽巴嗎？

這樣那樣的搏鬥了好一會兒，將最後完成的鹽味飯糰帶到工作場合，拿給工作夥伴吃。儘管大家一樣稱讚「好吃！」，我卻不太滿意。無法帶來和有働小姐的飯糰相同的感動。有働小姐到底怎麼捏出那麼好吃的鹽味飯糰啊！

第二次，我放棄用保鮮膜包著捏。反正最後還是會用保鮮膜包起來，只要

我不說就沒人知道。此外，我也不使用冷凍白飯，改用剛炊好的新鮮白飯。

徹底以冷水清洗雙手，只留下少量水分。手裡抹上鹽巴，搓揉雙手讓鹽巴遍布整個掌心。拿飯杓盛出剛炊好的白飯，嘴上不住喊燙，雙手上下拋接飯糰，逐漸捏出形狀。捏好的飯糰放在盤子裡，撿起一顆掉下來的飯粒送入口中。定睛一看，我的手心都紅了。喔喔，這麼燙啊。再次沾濕發紅的雙手，抹開鹽巴，放上白飯，在連聲喊燙中上下拋接飯糰，逐漸捏出形狀。剛煮好的白飯慢慢與鹽巴融合，發出吧喳吧喳的聲音，表面出現一層光澤。我把兩個小小的三角形鹽味飯糰排在盤子裡。

這時不經意地想到，對了，可以用法國買回來的松露鹽捏捏看。第三個和第四個飯糰就成了飄散松露香氣的鹽味飯糰。唔嗯，這個不錯。

連海苔都沒捲上的小小白色三角形鹽味飯糰，總共捏了四個。放在盤子上的姿態，令人聯想到剛洗好澡的赤裸小嬰兒。

「要不要吃飯糰？」

我問家裡的人。

「嗯？裡面包什麼？」

我就知道會這樣問。敵人喜歡的是鮭魚飯糰。

「什麼都沒包，鹽味飯糰。」

「欸，是喔。」

即使回答的聲音有氣無力，對方還是拿起一顆，放入口中。

「唔？好像很香。」

我咧嘴一笑。這麼回答：

「那是松露和賀爾蒙和汗水和體垢的味道。」

「咦？」一瞬躊躇之後。「嗯，很好吃喔。」

飯糰果然還是得赤手捏。

柴魚乾便當

上次寫了飯糰的事，這次還是跟飯有關的話題，請見諒。我的童年玩伴內藤啟子小姐將她與父親大人阪田寬夫先生之間的回憶寫成一本書，前幾天出版了。讀了這本《枕詞是小佐》（新潮社刊），我也想起一些事。

首先，得提一提阪田寬夫一家與我家的關係。

昭和三〇年代初期，阪田家和我家都住在中野區鷺宮的一個國宅社區。阪田家有兩個女兒，大我一歲的姊姊小啟（內藤啟子小姐）和小我三歲的妹妹菜摘（後來成為寶塚首席明星的大浦瑞希小姐）。社區裡的孩子感情很好，每天聚在一起玩到天黑，不是踢罐子就是跳橡皮筋。或許因為自己沒有姊妹的關係，我和阪田家姊妹特別親密，一天到晚待在她們家。再加上，阪田叔叔（阪田寬夫先生）個性非常溫和穩重，看上去雖然跟我家爸爸一樣，都是從事對著稿子寫字的工作，卻不像家父那樣老是對孩子怒吼「吵死了！」我在阪田家可以放心玩耍，不必戰戰兢兢。阪田嬸嬸會幫孩子們烤蛋糕，也會陪我們一起玩，阪田叔叔則一直在二樓的書房，偶爾才會下來。沒有比這裡待起來更舒適的地方了。

唯有一件事難以啟齒。那就是，阪田家的妹妹菜摘是個愛哭鬼。對小孩子來說，三、四歲的年齡差距很大。每當我和小啟一起玩什麼，菜摘就會想加入。可是，她跟不上我們的遊戲，無論如何都會變成拖油瓶。在這當中一個不小心……比方說遊戲輸了，或是玩法錯了被糾正，菜摘就會「哇」的一聲大哭起來。要是小啟立刻斥責妹妹，菜摘就會哭得更大聲。我在旁邊看著這個過程，心情忽然悲哀起來，結果換我開始哭。這時，阪田嬸嬸一定會出面。

「姊妹兩個都別吵了！妳們看，又把小佐弄哭了吧！」

對了對了，說到阪田家的另一個魅力，那就是關西腔。當時罕見的鮮奶油草莓蛋糕、冰淇淋機和阪田嬸嬸穿的白色襯衫配寬擺圓裙……信仰基督教的阪田家充滿這些美國家庭劇中會出現的美式文化，但他們家人之間交談時，用的卻是帶點趣味性的溫暖關西腔。我深深嚮往阪田家這關西腔和美式氛圍交融的不可思議文化空間。

有一次，記得是在這樣的阪田家吃點心時吧。身材高大，有著一頭蓬蓬亂髮的阪田叔叔從二樓晃了下來，慢條斯理地喊「我說小佐啊」。

「妳家媽媽常做的『柴魚乾便當』怎麼做，小佐知道嗎？」

「嗯，我知道唷。」

我回答。

「那妳可以教我嗎？」

當時，身為ＮＨＫ節目《大家的歌》作詞家的阪田叔叔，對我們社區小孩來說是值得崇拜的人物。他的作品如〈大人行進曲〉、〈餓肚子之歌〉等，每首都是暢銷歌。我靈光一閃，心想，說不定他正打算寫一首叫〈柴魚乾便當〉的歌呢，於是得意洋洋地訴說起來：

「要先在便當盒裡鋪一層薄薄的白飯，上面鋪一層拌過醬油的柴魚乾，再蓋上一片海苔。海苔上面再鋪白飯，然後再一層柴魚乾，再蓋一片海苔。可以只做兩層，有時也會做三層。」

阪田叔叔認真將我拙劣的說明抄在筆記本上，說聲「謝謝」，就又上二樓去了。

我滿心期待，不知道哪天會看到〈柴魚乾便當〉出現在《大家的歌》節目上。等這首歌出名了，主持人說不定會介紹「歌詞來自阿川佐和子小朋友」呢，就這麼滿腦子幻想著傻笑。結果，事情並沒有這樣發展。雖然仍被寫成了合唱組曲《遠足》中的〈便當〉這首歌（山本直純作曲），傳唱於全國小學校園，可惜沒有成為流行歌。

雖然不知道阪田叔叔怎麼知道我家柴魚乾便當的事，但父親的確最喜歡母親做的柴魚乾便當。早上，我們兄妹準備出門上學，家裡一陣兵荒馬亂時，父親會從書房裡現身。多半是他從晚上熬夜到天亮，不知道是寫稿、構思還是在偷懶就是了。總之他一夜沒睡，肚子一定餓了。跑到廚房偷看，正好看到母親在幫孩子們做便當就說：

「哎呀，一輩子只要能吃到一次就好，真想吃好吃的便當。也做給我好嗎？」

這時，母親會故意嫌棄地說：

「好啦好啦，等孩子們出門後再做給你，等一下。」

這麼回覆之後，母親便轉過身去。

「給我柴魚乾便當就好，我來刨，拿柴魚出來。喂，刨刀收在哪？」

「這就拿出來給你。」

父母對話時，我們小孩子已走出玄關了，所以不知道後來事情怎麼發展。

但是，父親這句「一輩子只要能吃到一次就好，真想吃好吃的便當」我不知道聽過多少次。

父親連出國旅行，都要母親準備「柴魚乾便當」。

「不是會有機內餐嗎？」

只要母親這麼一說，父親一定回：

「我才不想吃什麼機內餐。只要拿出柴魚乾便當來吃，空中小姐經過時就會露出羨慕的眼光，還說『看起來真好吃』。在飛機裡吃的柴魚乾便當格外美味。」

就這樣，母親不但要費心打包父親的行李，還必須幫他準備取代機內餐的柴魚乾便當。

和小孩吃的不一樣，父親的柴魚乾便當裡一定會放山葵。先在便當盒裡鋪上薄薄一層剛煮好的白飯，上面撒一些現磨的新鮮山葵，再鋪上用醬油拌過的柴魚乾，蓋上一片海苔。多半都鋪兩層，時間不夠的話，只鋪一層也可以。

配菜通常固定幾樣。有醬煮牛肉、炒青椒和煎蛋捲。煎蛋捲不一定要用高湯打蛋，但一定要夠甜。醬煮牛肉用的是像大塊牛肉切剩的便宜牛肉薄片，先跟酒及砂糖一起放入鍋中加熱，煮一會兒之後，加入生薑絲和大量醬油繼續熬煮。話雖如此，也不能煮到整鍋變黑。我記得父親最喜歡的，是像壽喜燒那樣保持牛肉柔軟度的醬煮牛肉。

再說這道炒青椒，將青椒切成不到一公分的條狀，先以麻油仔細翻炒，再用醬油和七味辣椒粉調味。炒青椒不加糖而是加入辣椒粉，做成微辣口味。

我不知道這幾道菜何時成為母親做便當時的配菜基本款，從小，母親做的便當就是這三道配菜。

父親九十歲後住進老人醫院，從那時起，為他做柴魚乾便當的工作多半落到我身上。父親住的醫院可以自己帶食物進去吃，雖然他的食量已大不如前，對食物的執著依然不變。

「別的都不要，只要做個柴魚乾便當給我就好。」

剛住進醫院時，父親如此要求。儘管一星期只做一兩次，我還是帶了好幾次便當去給他。不過，有時自己忙碌起來，也沒太多時間做便當，柴魚乾就用市售真空包柴魚片混充，山葵也是市售的軟管山葵醬，就這麼湊合著用。驚人的是，當我把做好的柴魚乾便當帶去給父親，才剛遞上去，父親就敏感地發現了。

「喂，妳這用的是什麼柴魚？」

「呃，是真空包柴魚片。」

「難怪這麼難吃，可以用上等柴魚乾嗎？」

他面露苦笑，一看就很不滿意的樣子。無可奈何的我，只好專程跑一趟日本橋，買下最貴的柴魚乾。回到家自己拿起刨刀，像個老練的木工師傅一般，削出漂亮的柴魚薄片。一邊暗忖「如何，這下你無話可說了吧！」一邊拌上醬油。下個星期，把自豪的便當拿給父親時，他說：

「果然好的柴魚乾味道就是不一樣。但這山葵是怎麼回事？一點也不香。」

被他發現我用的是軟管山葵醬了。

「好，看我的！」這次，我買下一條要價一千多的山葵，在白飯上鋪了滿滿的現磨山葵泥。內心再次大呼「這次沒話說了吧！」不料，一拿給父親吃——

「好辣……」

起初宣稱只要柴魚乾便當其他什麼都不要的父親，之後住了很久的醫院，對食物的要求愈來愈多。到最後，我甚至在父親病房內煮「壽喜燒」給他吃。至於父親每次挑剔我煮菜方式的事，在其他地方已經詳細寫過，這次就先割愛。還有一件事也已經寫過，那就是，我最後一次做給父親吃的東西並不是柴魚乾便當。

父親到了幾乎沒有力氣吃東西時，「想吃的東西」仍在他腦中盤旋不去。過世前兩天，父親叨唸著想吃「新鮮的鯛魚生魚片」，又說「鮪魚腹肉也不錯」、「還想吃牛排」。為了實現他的心願，我隔天就買了鮪魚腹肉和白肉魚的生魚片，順便帶了玉米天婦羅。因為「玉米天婦羅」也是父親愛吃的食物。不擅長炸天婦羅的我，只隨便用玉米沾粉及蛋液後油炸。吃了兩三片生魚片後，我把尚有餘溫的玉米遞到他面前。

「要不要吃這個？」

聽我這麼問，他頻頻點頭。我慢慢把玉米餵入父親口中，只見他咀嚼了一會兒，又把嘴裡的玉米吐出來，說了一句話：

「好難吃。」

這就是父親臨終前對我說的最後一句話。

傳授滿滿的泡沫

去年年底，電視連續劇《陸王》播映完畢。夏末時接到彷彿由天而降的演出邀約，過了驚濤駭浪般的四個月，直到拍攝期間結束，感覺只是一眨眼的事，又覺得每天都在跟什麼搏鬥。不過，毫無疑問的是，二〇一七年下半年對我來說，是非常新鮮又充實的一段日子。

沒想到活到了六十幾歲，竟然還能找到一個讓我體驗全新人生的地方。資深演員們、製作人和導演就別說了，連面對那些年紀足以當我兒子女兒的工作人員時，我也會心驚膽跳地想，會不會在什麼地方挨他們罵，擔心自己做出讓他們傻眼的事。偶爾受到稱讚，還會高興得眼眶泛淚，事後躲在布景後面一邊踱步一邊背誦自己簡短的台詞。接下來會發生什麼事？身旁如傳接球般交錯來去的專業術語代表什麼？該站在哪裡待命才不會妨礙到別人？太多令我不知所措的事了。

「拿我的分鏡本來！」

不知道誰這麼喊，我嚇了一跳。

「分鏡本？那是什麼？」

我走到總是親切溫柔的小安（內村遙先生飾演的安田）身邊，低聲問。

「有標示出分鏡的劇本就是『分鏡本』喔。」

小安指著我手上的東西說。

「喔，這個就是了啊？」

原來自己捏在手上的當日劇本就叫這名字，我拍了一個多月戲才知道。

「不好意思，明美（我在劇中的名字）小姐，請妳當一下蔬果行。」

拍攝八人圍繞一張長桌用餐的場景時，工作人員這麼對我說。

「蔬果行……？」我不解地歪了歪頭，這裡明明是居酒屋啊。

「不是啦，意思是請妳坐得離桌子遠一點。」

如果要讓八個人的臉在互相不擋到對方的狀況下入鏡，就必須各自往後坐一點，離攝影機愈遠的人與桌子之間的距離必須愈大。如此一來，所有演員會呈現八字形排列。這種排列很像蔬果行店頭的陳列方式，所以有了這個稱呼。

「啊，原來是這麼回事啊。我往後退這麼多可以嗎？」

「好，OK喔。」

這間搭在橫濱市綠山攝影棚內，名為「蠶豆」的居酒屋布景維妙維肖，完全像是立刻就能在此開門營業。牆上有氣派的書法匾額，店內的地暖爐還冒著煙。劇中位於行田市的老字號足袋店「小鉤屋」員工聚餐時，總會來到這間店，圍著包廂裡的長桌吃吃喝喝。桌上擺的是大量真正的菜餚，有毛豆、煎蛋捲、烤魚乾、生魚片、炸雞塊，還有行田特產「錢富來」（豆渣可樂餅）等。

雖然不是剛起鍋熱騰騰的狀態，試著一吃，每樣都很美味。負責準備這些菜餚的工作人員也真辛苦。難得人家準備了，不吃一點怎過意得去呢。有一次，我一邊說著台詞，一邊想用筷子夾下烤魚乾，卻怎麼也夾不下來。正在著急時，耳邊傳來一聲「卡！」導演做出指示：「明美小姐，別吃烤魚乾了，麻煩吃點毛豆就好。」從此之後，我就放棄吃其他東西，盡可能只拿毛豆起來吃。聽到工作人員宣布「拍攝結束」那天，我還依依不捨地想著，得和「蠶豆」那些菜餚道別了啊。

拍攝一場正月喝春酒的戲時，桌上放了豪華的鯛魚生魚片。雖然拍到我時，我依然只吃了點毛豆（毛豆也很好吃就是了），拍攝結束後，那些演員你一言、我一語地說：「這鯛魚不吃太可惜了！」「哇，口感脆脆的，好吃！」「欸、討厭，我也要吃！」氣氛就這麼熱烈起來，大家都不想離開餐桌。

料理姑且不提，拍喝酒戲時可就不能喝真酒了。倒在眾人杯子裡的是零酒精啤酒。現在有這種方便的飲料還算好，以前的電視劇或電影，要是拍到喝啤

酒的場景，該如何是好呢？雖然可以用色素將汽水染成啤酒的顏色，要做出正牌啤酒泡沫的質感卻很困難。難道以前都用真酒？就在我思考這些的當下，經歷數次彩排與正式攝影後，酒杯裡原本倒出的漂亮泡沫已全部消失，變得和咖啡色汽水沒兩樣。雖然負責啤酒的助理妹妹總盡可能在正式拍攝前才將酒倒入杯中，等到攝影機真的動起來時，泡沫早就散光了，看上去好黯淡。

父親總說泡沫是啤酒的生命。

「聽好了，蓮藕最好吃的是洞，啤酒最美味的是泡沫。」

每回為父親倒酒，他一定會這麼說。

「要倒出大量泡沫，聽到沒，再多一點！」

受這種教育長大的我，打從自己開始能喝酒，倒酒時能將啤酒瓶拿得多斜就多斜，心無旁鶩一口氣注入酒杯。

說起來，父親在我倒酒時，除了說「要倒出泡沫」外，還常把「屁股翹高！」掛在嘴上。這說法其實源自落語。

父親很喜歡古今亭志生的段子〈駱駝〉。內容描述有個綽號「駱駝」的男人住在長屋裡，某天，駱駝的大哥去找他，卻發現他死了。大哥想把駱駝葬了，又順便買了些酒菜回來。途中偶然牽連路過的廢紙回收業者久六。經歷了各種倒楣事（這段經過非常有趣，但請容我就此割愛），好不容易買到酒。在駱駝的遺體旁，大哥對久六說：「辛苦你了，盡情喝吧。」

面對大哥的勸酒，久六卻說：「不，小的不能喝酒。再說，現在還是工作時間。」

「別這麼說嘛，一杯就好。難道你不願意喝我這杯酒嗎？」

在大哥的威嚇下，久六勉為其難喝了一杯。一杯喝完再一杯，幾杯黃湯下肚後。

「喂！給我繼續倒酒啊！」

立場對調，輪到久六對大哥出言不遜了。

「你這傢伙，剛才不是說自己不能喝嗎？而且怎麼著？等一下不用回去工

作嗎？」

「廢話少說，給我倒就對了！喂，屁股翹高一點啊、屁股！不是你這傢伙的屁股，是酒矸的屁股啦！」

父親很中意這句台詞，在家也常說。拜此之賜，身為女兒的我也把這當成了口頭禪。不只是倒啤酒，有時為父親倒杯日本酒，父親會拿起酒矸說「好吧，妳也喝一點」。這時，我手上拿著自己的豬口酒杯，嘴裡這麼回應：

「喂，屁股翹高一點啊、屁股！不是你這傢伙的屁股，是酒矸的屁股啦！」

只有這種時候，即使聽到女兒用忤逆的語氣說話，父親也不會生氣。

或許因為養成了這個習慣的緣故，上大學後，聯誼時遇到得幫學長倒酒的場合，我總是自告奮勇拿起啤酒瓶，來到學長身邊：

「來，請喝。」

抬高啤酒瓶的屁股，一鼓作氣倒下去……這時，立刻就會挨罵。

「這是什麼沒水準的倒法？」

「不是啊，泡沫是啤酒的生命……」

「不用倒這麼多泡沫！」

父親的教誨，在社會上未必適用。我也在這種時候才第一次學到社會上的常識，但是關於啤酒的倒法，我可就不同意學長的意見了。不只大學學長，出社會後，聚餐時也曾被男人們教訓過好幾次。

「倒酒時別弄得希哩嘩啦的，不夠文雅。」

我總是心想，為何我倒酒的時候，大家都要把酒杯斜放呢？酒杯斜放就不容易倒出泡沫了啊。儘管心中不滿，講出來大概又要挨罵，只好乖乖閉嘴。

有一次，妹尾河童先生教了我正確倒啤酒的方法。

「啤酒瓶靠近酒杯，不要一次倒太快，同時慢慢將酒瓶拿高。酒瓶愈拿愈高，注入細細一道啤酒，很快地就會看到許多泡沫。這時候要先耐心等待，泡沫會漸漸消散，一直等到啤酒與泡沫的比例差不多呈現四比一。這時，較粗的『螃蟹泡泡』已完全消散，只剩下奶霜般細緻的泡沫。接著再倒一次酒，讓酒

瓶輕輕靠在酒杯邊緣，注入啤酒，就算泡沫滿出杯緣也沒關係，因為是像奶霜一樣細緻的泡沫，所以不會流下來。接著，將酒杯拿到嘴邊，以避開泡沫的方式喝啤酒。如何？喝起來滋味完全不同吧？」

我試著用這方法為父親倒酒，他喝了非常高興。從此之後，每次父親想喝啤酒就會叫我：

「喂，佐和子，來幫我倒啤酒！妳倒的啤酒就是好喝，妳真的很會倒啤酒。」

這輩子受父親嘉許的次數寥寥可數，唯獨我做的蘿蔔乾和我倒的啤酒，總是能得到他無條件的讚美。

在居酒屋「蠶豆」布景裡，有一次為了等攝影機調整位置，演員直接坐在那張長桌邊待機。眼看好像還需要一點時間，我靈機一動，對坐在身邊，飾演「小鉤屋」老闆兒子小大的山崎賢人悄聲說：

「噯，你知道啤酒要怎麼倒才好喝嗎？」

「不，我不知道。」

山崎雙眼瞬間發光，我可得意了。「是這樣的……」這麼說著，我迅速拿起啤酒瓶，朝他的酒杯傾斜。酒瓶漸漸拿得愈來愈高，離酒杯愈來愈遠。很快地，杯中充滿泡沫。

「咦？這樣不就整杯都是泡沫了嗎？」

山崎很驚訝，我微微一笑：

「接下來才是重頭戲，要先等泡沫慢慢散去。你看，粗糙的泡泡慢慢不見了對吧？還要再等一下。」

長桌邊的其他演員也朝這邊行注目禮。

「再一下，再等一下，然後啊……」

就在還差幾秒的時候。

「準備重新開始拍攝！預備……開始！」

最後的高潮即將來臨前，山崎端起酒杯喝掉啤酒，這場居酒屋的戲也就結

束了。

一邊離開「蠶豆」的布景，我一邊對山崎說：

「下次有時間再教你。」

我想讓更多年輕人學會如何倒出美味的啤酒。儘管有著滿腔熱情，卻有一個難以克服的困難。那就是「必須耐心等候粗糙的泡泡消散」。一聽到「要等一下」，大部分人的興趣就像「螃蟹泡泡」一樣消失了，因為大家都想盡快喝到啤酒。真想快點教山崎，想看到年輕人開心地說「喔，真好喝耶！」的表情。在那天來臨前，我會耐心等候。

媽媽的味道

年屆九十的母親，從幾年前開始出現記憶力衰退的徵兆，慢慢變得像個小孩。基本上她都住在老家，不是請熟識的一對夫妻住在老家照顧她，就是請日間照護員定期前往照護。不過，週末我們兄弟姊妹講好輪流照顧母親。差不多兩星期輪到我一次，只要我帶母親回家住，天一黑她一定會跑去打開玻璃窗，靠在窗框邊窸窸窣窣找起東西。

「妳在做什麼？」我問她。

「得關上雨窗才行啊。」

「沒有雨窗啦，因為這是公寓。」

「咦？是這樣喔？」

母親一度接受了這個說法，踩著蹣跚腳步回到她每次坐的那張椅子。但是，不到五分鐘就又站起來，朝玻璃窗走去。

「怎麼了？」

我這麼一問，母親又說：

「不是啊，我想說要來關雨窗。」

「沒有雨窗啦！」

「可是不關雨窗不行，天快黑了。」

「就跟妳說這是公寓沒有雨窗啊。沒、有、雨、窗！」

我拿出筆記紙，用奇異筆在上面寫下大字：

「沒有雨窗！」

母親耳朵不好，跟她說話時不管怎樣都會拉大嗓門。心想也不能用太斥責的語氣，就再畫了一個小女孩，笑咪咪地指著那行字。

「哎呀，這麼可愛。咦？這裡沒有雨窗嗎？好怪的屋子。」說完，她又踩著蹣跚腳步回到自己位子了。

沒有育兒經驗的我，現在的心境就像家有蹣跚學步幼兒的母親。只要眼睛一沒盯著她，不知道又會做出什麼事。不是在哪裡跌倒，就是從哪裡找出什麼，拿去藏在別的地方，一刻也不能大意。完全無法預測哪些東西會對母親的大腦造成刺激，誘發她做出什麼事。

不過，她畢竟是我的母親。就算返老還童了，應該還留有一些身為母親的自覺吧。我想，不時喚醒她的這份自覺也很重要。

偶爾，我會裝成筋疲力盡的樣子。

「唉，我累癱了。」

故意搖搖晃晃倒在沙發上。這麼一來，母親就會說：

「不舒服嗎？快去睡覺。」

母親一臉擔心，想拿一件什麼蓋在躺倒的我身上，卻一時找不到合適的毯子。好不容易找到一條膝上毯往我身上披，她說：

「去睡一會兒吧！你工作過度囉。」

我內心竊喜，順便裝出氣若游絲的聲音：

「媽，煮晚飯給我吃好不好？」

於是，母親驚訝得瞪大眼睛：

「晚飯？我煮嗎？」

「對，煮給我吃嘛。以前妳不都會煮給我吃嗎？」

她沉吟了一會兒說：

「在那之前，我先去上個廁所。」

哼著莫名其妙的旋律，母親踩著蹣跚腳步朝廁所走去。這是好徵兆，證明她提起幹勁了。

過不了多久，回到客廳的母親依然哼著不明所以的旋律。以為她要進廚房了，她又晃晃悠悠走向自己固定坐的那張椅子，一臉理所當然地坐下去。接著，像是鬆了一口氣般拿起電視遙控器操作。

「媽媽，妳真是的，不是要煮晚飯給我吃嗎？」

在我質問下，母親露出驚訝的表情：

「嗯？晚飯？我煮嗎？」

那語氣就像她第一次聽說這件事。接著，又是一番沉吟過後：

「明天再煮，今天我累了。」

自母親二十一歲那年結婚後，為丈夫與四個孩子做了長達六十多年的廚娘。雖然父親偶爾會帶她出去吃飯，旅遊途中也有機會品嚐外地的食物，但是基本上，在把吃看得比什麼都重要的父親催促之下，母親幾乎整天都在思考該煮什麼菜。

別的不說，父親是那種明明眼前還在吃早餐，卻已盯著母親或我問「今天

晚上吃什麼」的人。聽到這句話的瞬間，我和母親立刻交換一個眼神，露出無奈的表情。才在吃早餐就問晚餐吃什麼，教人如何回答……我雖然喜歡吃，也喜歡對吃感興趣的人，從小到大看著這樣的父親，讓我下定決心絕對不和「太重視吃」的人結婚。此外，我也深深同情從來不違逆父親的母親。

父親過世後……正確來說，是父親住進老人醫院之後，母親才徹底擺脫這項任務，也從此逐步依賴照顧她生活起居的人，自己漸漸遠離了廚房的工作。仔細想想，她已經充分達成這輩子的職責，是該讓她從煮飯義務中獲得解脫的時候。身為女兒，一方面能夠接受這個結果，另一方面也常湧現想再次品嚐母親手藝的鄉愁。

聽說母親結婚前很少做菜。因為她是家中五兄弟姊妹的老么，家人對她特別寬容。這樣的母親一結婚就得下廚奮鬥，說來正是拜嚴厲的父親所賜。

在我還是個懵懂幼子的昭和三〇年代初期，母親已經會用自製多蜜醬燉牛尾或燉牛舌，送去給父親的恩師志賀直哉先生吃。此外，白醬混合絞肉做成的奶油可樂餅是母親拿手好菜之一，經常出現在我家餐桌上。

我和母親不同，從小就常進廚房幫忙。母親並未要求我這麼做，只是從懂事起，我就莫名喜歡待在廚房。無論幫忙洗米或煎蛋捲，在我看來比任何家家酒有趣許多。或許是因為，比起待在令人畏懼的父親身邊，和母親在一起比較安全。又或許是因為，在廚房裡幫母親的忙能夠討好父親，使他心情愉悅。總之，廚房對我而言，是個像庇護所的地方。每當挨父親責罵，內心忿忿不平的時候，在學校裡有什麼煩惱想對母親說的時候，或是想透過母親拜託父親什麼的時候，失戀想哭的時候……我多半會先衝進廚房。

「媽媽，我跟妳說……」

只要這麼一開口，母親總會說：

「妳怎麼了？臉色好難看。」

正當我想回答時——

「哎呀，幫我把火調小一點好嗎？」

「好。我跟妳說喔……」

一邊轉瓦斯爐旋鈕，一邊試圖開口時，書房傳來父親大喊「喂」的聲音。

「這就來了——！抱歉啊，幫媽顧著這鍋子，注意別燒焦了。」

看到母親慌張得團團轉的身影，大部分煩惱都會減輕。

母親做的菜和我做的菜有微妙的區隔。我在烹飪教室學的「蘿蔔乾」或向外面餐廳學來的「香蒜煎蘑菇」，以及高中時代熱衷的甜點類，母親大都放手讓我自己去做。也不是沒有從旁看著母親做就學會的菜，像是用雞肉與白醬混合，最後擠上大量檸檬汁的「檸檬飯」，或是直接在米裡加入咖哩粉、蒜末洋蔥絲炊煮，再用炊好的飯與牛絞肉下去炒，說起來就是用炊飯做的乾式咖哩飯。這些菜色從高中時代我就能一個人做出來。然而，無論當了母親多久的助手，直到現在，我仍不曾獨力做過母親最拿手的奶油可樂餅和燉牛尾。

不，只有一次，我曾挑戰過奶油可樂餅。但是失敗了，白醬的濃稠度拿捏得不好。白醬如果太濃稠，炸好的可樂餅口感就會變硬，但若太稀，下鍋炸的時候又會破掉。因為怕可樂餅破掉，我都會把白醬調得太濃稠，炸出來果然不好吃。

我還清楚記得自己第一次嚷嚷要做這道可樂餅時的事。我從幼稚園回到家，一踏進家門，就看到母親坐在走廊盡頭的廚房裡捏可樂餅。那瞬間——

「佐和子也要做！」

我一邊大喊一邊奔過走廊，因為衝得太急來不及煞車，就這樣壓上了放在報紙上的可樂餅。慌亂之間，壓扁了那些母親費心捏好的可樂餅。之後被罵得多慘，我完全記不得了。只記得壓扁那麼多看起來好好吃的可樂餅所產生的罪惡感，後來一直深深刻在心上。長大之後，只要母親一動手做可樂餅，我就會莫名愧疚，心想自己絕對不能插手幫忙。

早知道，應該趁母親還有做菜意願時跟她好好學習才對。拌炒麵粉與奶油，少量加入牛奶，像這樣製作正式白醬的功力我是有的，也知道接下來得

另外拿一個平底鍋炒熟洋蔥末與牛絞肉，對加鹽巴胡椒調味的步驟也很熟悉。問題是將兩者混合時，如何拿捏那個濃稠軟硬的程度。趁熱混合攪拌的奶油白醬稍軟也無所謂，難的是之後還要放進冰箱冷卻，捏成可樂餅的形狀後沾上麵包粉油炸。如何調出油炸時不會破裂的適當濃稠度，這才是最難拿捏的地方。

我猜，母親是否還本能地記得那個手感？

「媽，做奶油可樂餅嘛。我也來幫忙。」

我問已完全懶得下廚的母親——

「咦？奶油可樂餅？」

「對啊對啊，那不是媽的拿手好菜嗎？」

母親想了想。

「嗯……做那個很麻煩吧。」

喔喔！她還記得。再加把勁吧！

「雖然很麻煩，但是很好吃啊。教我怎麼做嘛，我想吃媽媽做的奶油可樂餅。」

我這麼一拍馬屁，母親便咧嘴一笑，滿不在乎地說：

「可是我又不想吃。」

捲高麗菜百百種

對小時候的我而言，配白飯好吃的菜就是美食。反過來說，要是看到配白飯不好吃的菜端上桌，我就會很失望。

之所以想起這件事，是因為最近看了第十二代市川團十郎夫人堀越希實子女士寫的《成田屋的餐桌》。書上說，高麗菜捲是團十郎先生愛吃的東西之一。書裡的照片上，三個細心熬煮過的高麗菜捲擺在茶色的長形盤子上，看起來既高雅又美味。一看到這張照片，內心立刻湧現一股懷念之情。

「對了，以前家裡也常吃捲高麗菜。」

在我家，這道菜不叫高麗菜捲，稱之為「捲高麗菜」。還記得，每當媽媽宣布「今晚的配菜有捲高麗菜」時，我總莫名有些失落。因為對我來說，配白飯最不好吃的菜，就是這道捲高麗菜。

現在回想起來，已經想不通自己為何認定這道菜配白飯不好吃了。不過，還是個小孩的我似乎怎麼也不認為捲高麗菜適合配白飯。父親應該很喜歡吃，所以儘管小孩會失望，母親做這道菜的頻率還挺高的。

為了不讓捲高麗菜散開，母親會拿湯杓從直筒型的深鍋裡小心撈出來，同時指示我拿盤子。我把盤子遞上前，等待母親撈出一個或兩個捲高麗菜。放好捲高麗菜後，母親會再用湯杓撈出清澄的湯汁，淋在捲高麗菜上。我雙手捧著盤子，一邊注意別灑了湯汁，一邊端到餐桌上。一盤給爸爸、一盤給哥哥，然後是我和媽媽的份。就這樣來回廚房與餐桌間四趟，全家人的捲高麗菜好不容易才到齊。是說，這時父親往往已經吃起來了。我也姑且雙手合掌：

「準備開動囉！」

先用手拔起插在捲高麗菜一端的牙籤。我對「拔掉牙籤」這件事本身就沒好感。為什麼這麼說呢？因為當時的我似乎有點尖端恐懼症，看到尖頭的東西就會心生恐懼。那時只要是做惡夢，內容不外乎在劍山上走，更嚴重的時候，是夢到自己被鬼追，人卻在劍山做成的輸送帶上拚命逃跑，怎麼逃都會被鬼追上。夢裡的我又怕又痛，在自己的哭叫聲中醒來。

一看到尖尖的牙籤，夢中的恐怖體驗隨之復甦。更困擾我的，是不知該拿拔起的牙籤怎麼辦。放在盤子角落總覺得不妥，但若丟進垃圾桶，又擔心害別人刺傷手。真是傷腦筋的牙籤。雖然不能把我討厭捲高麗菜的原因都推給牙籤，但這肯定是原因之一。

先不管牙籤該丟哪裡，總之順利拔出牙籤後，我該按照什麼步驟吃捲高麗菜呢？直接夾起來咬有一定的風險，因為捲高麗菜吸飽熱騰騰的湯汁，入口瞬間就有燙傷的可能，如果說夾斷它嘛，捲高麗菜的威力又太強大。使用刀叉當然可以順利切開，但那個時代，一般家庭並未給孩子一個自在使用刀叉的環境。用湯匙硬切呢？不不不，年幼的我恐怕是這麼吃的：像拆開包袱巾那樣，把母親好不容易捲起來的捲高麗菜規規矩矩拆開，再用筷子夾起裡面的絞肉團來吃。

或許問題根源就出在這錯誤的吃法。把好不容易融為一體的高麗菜和絞肉團分開吃，與同時品嚐兩種食物融合的味道，給人的印象自然大不相同。捲高麗菜之所以叫捲高麗菜，不就是為了同時大快朵頤絞肉團和高麗菜的美味嗎？

不過，既然都被我解體了也沒辦法。拆掉外層的高麗菜葉後，露出的當然是煮得白白嫩嫩的絞肉團，當中夾雜著洋蔥末，我記得還能隱約看見幾許麵包塊。吸了滿滿肉汁，變得軟爛軟爛，早就不能稱為麵包的小塊土司混在肉團中。我猜母親是想用麵包塊去黏合絞肉吧。該怎麼說呢，我發現這些麵包也是造成捲高麗菜配飯不好吃的原因之一。我是個不會把麵包和白飯放在一起吃的人，否則豈不是用主食配主食嗎？哪有人這樣吃的啊！就連還是個孩子的我也懂這道理。

請容我稍微岔開話題，其實，我從來沒主動吃過夾炒麵或義大利麵的麵包。因為那也是主食配主食，不該這麼吃的吧。話說回來，市售便當裡偶爾會出現用番茄醬炒得紅通通的義大利麵，我倒是不討厭用這個配冷掉的白飯。這種吃法莫名好吃。還有，我也不討厭豆皮烏龍麵旁邊那顆小小的飯糰。不過，我就不會在吃拉麵時配炒飯。要說到底哪裡不一樣，我自己也說不上來。人類真是充滿矛盾的動物。

順便報告，我絕對不是討厭泡得軟軟爛爛的麵包塊。事實上，我就很喜歡牛奶土司。小時候感冒，母親經常做這個給我們吃。啊、您不知道什麼是牛奶土司嗎？

在烤得香酥的土司麵包上，抹一層厚厚的奶油，再撒上砂糖，然後淋上熱熱的牛奶。奶油與砂糖在熱熱的牛奶裡溶解，土司麵包吸飽牛奶開始膨脹。這時再補充牛奶，讓麵包繼續吸收牛奶，繼續膨脹。就這樣不斷重新倒入牛奶，真不知道麵包打算吸多少牛奶才甘願。從旁欣賞麵包膨脹的過程，也是吃牛奶土司的樂趣之一。接著，用大湯匙將吸了飽足牛奶的土司挖下來吃，奶油與砂糖的滋味於口中擴散，讓人產生「感冒一定會快快好」的感覺。那被牛奶泡得軟爛的麵包有著毋庸置疑的美味，捲高麗菜裡的軟爛麵包卻教人心生抗拒。到底哪裡不同呢？因為牛奶土司甜甜的，也不會跟飯一起吃嗎？

這麼說起來，母親做漢堡排時也會用麵包塊黏合絞肉，吃漢堡排時我卻一點也不介意吃到麵包塊。還有，炸雞與可樂餅油炸前也會沾上麵包粉，搭配白飯還是很好吃，明明那也是麵包配白飯啊。

既然如此，我為什麼不喜歡捲高麗菜呢？愈來愈想搞懂這件事。難道原因出在高麗菜身上？可是，我一點也不討厭高麗菜。生的高麗菜絲，尤其是搭配炸豬排一起吃，不管多少都吃得下。每次吃炒高麗菜，也會為那甘甜清脆的滋味讚嘆感動。難道我不喜歡的是水煮過的高麗菜？不、沒這回事。吃燉肉時搭配（我都會這樣搭配）水煮高麗菜也很有魅力啊。只要看到燉肉旁有糖漬水煮高麗菜、馬鈴薯與紅蘿蔔這三劍客，我就放心了。

再次翻開團十郎夫人的《成田屋的餐桌》，不只照片，內文也有關於高麗菜捲的描述。

我家的高麗菜捲，用的是牛絞肉。

——引自《成田屋的餐桌》（世界文化社出版）

那麼，阿川家的捲高麗菜用的是什麼肉呢？即使想問問母親，現在的她已是個一分鐘後就把事情忘光的九十歲老太太。試著打電話問「還記得用的是什麼肉嗎？」只換來她沒好氣的一句「不記得了」。救世主就在這時降臨，我忽然想到，可以去問這幾年幫忙照顧母親的麻美嘛（麻美是年輕時住在我家幫忙家事的婦人）。果然不出所料，麻美說：「喔，捲高麗菜啊。太太（就是家母）有教怎麼做，我經常做喔。」

「還記得有一次用了豬牛混合的絞肉，被老爺（就是家父）說『要用牛肉』。」

如此一來，就能確定我家的捲高麗菜用的是牛絞肉了。好，再回到《成田屋的餐桌》。

用奶油炒香芹菜、洋蔥與蒜頭末，放涼後與牛絞肉混合。加入牛肉清湯、雞湯粉，用鹽、胡椒和番茄醬調味。再用水煮過的高麗菜葉包起調味絞肉，放入鍋中熬煮。

團十郎家似乎沒有用麵包塊黏合絞肉，不過他們有芹菜，聽起來好時髦。還加了番茄醬調味。

記憶中，阿川家的捲高麗菜是直接在湯裡放番茄，看來每個家庭做法稍有不同。團十郎夫人最後這麼總結：

爲了固定高麗菜葉而插上好幾根牙籤實在不好看。其實不用牙籤，只要好好捲緊高麗菜，放入鍋中時，每一捲之間不要有空隙，就能煮出形狀完美的高麗菜捲了。這是我認爲最重要的地方。

我重新看了一次書中高麗菜捲的照片，確實沒發現牙籤。不只如此，還在裝高麗菜捲的盤子旁看到一個小碟子，裡面是番茄醬。團十郎家吃高麗菜捲時，沾的似乎是番茄醬。於是我問麻美：

「我們家的捲高麗菜，吃的時候有淋上醬汁或番茄醬嗎？」

「沒有，雖然沒有淋醬汁，但因為老爺說，起鍋前最後加一杓酸奶油會更好吃，記得那時我還急忙跑去買酸奶油。」

或許因為小時候對捲高麗菜不感興趣，我完全不記得家裡是這麼吃捲高麗菜的了。

在已無法向母親確認的現在，想知道更多阿川家餐桌的事，最好的方法就是問麻美。我得趁麻美身體還硬朗時，多跟她打聽其他料理的做法和當年的小故事才行。這麼一想，忽然沒來由地想吃捲高麗菜。現在的我應該會覺得好吃。不過，牙籤的問題還是學成田屋好了。

惡魔歐姆蛋

我曾獲得名為惡魔三明治的食物。

錄某電視節目時，森山良子小姐自己做了這個帶來。

「惡魔三明治？」

光聽這名字就教人恐懼顫抖，她到底會拿出多駭人的三明治呢？不過，恐懼顫抖只是一眨眼的事，出現在眼前的，是一整盤有著鮮豔黃白色彩的水煮蛋、水煮蛋、水煮蛋群星會。看著薄片土司麵包之間夾滿的水煮蛋，不禁聯想起客滿的電車。吹彈可破的水煮蛋多得快要滿出來，多麼豪華的三明治。可是，不管怎麼想熱量都很高。

「所以才叫惡魔三明治啊。這是名取裕子教我做的，在我家大受好評喔。」

聽著良子大人的解說，拿起一個包在保鮮膜裡的惡魔君，大口咬下。嗯，的確有豐富的雞蛋味，很好吃。但是，要伸手去拿第二個可需要很大的勇氣。

「不過，我都想說算了啦，吃就吃吧。這就是它之所以叫做惡魔的原因。」

應該還比我大幾歲的良子大人毫不在意熱量，笑咪咪地這麼說。我還是悄悄壓住自己想去拿第二個的手。

回到家特地上網查，原來一個惡魔三明治竟然得用上六顆水煮蛋。煮好的雞蛋剝殼後，先將其中五顆垂直對切，並排在麵包上。再鋪上用剩下一顆水煮蛋做的塔塔醬，蓋上另一片麵包，用保鮮膜包起來，再拿刀切成兩半，就能呈現顏色鮮豔的斷面了。

森山小姐一直勸我再吃一個，幸好我阻止了自己。要是真的再拿一個，豈不等於丟了六顆蛋進胃囊。明白我的意思嗎？被醫生宣告血管年齡七十八歲

（實際年齡六十四歲），這幾年來始終穩定維持高血壓的我，連早餐要不要吃兩顆蛋都得猶豫一番。一次吃下六顆蛋簡直太衝動。這個臭惡魔！

我自己做的雞蛋三明治則是全部夾塔塔醬。換句話說，就是先把水煮蛋切碎，加入洋蔥末和酸黃瓜末，再跟胡椒鹽、美乃滋混合攪拌後夾進麵包。

關於這塔塔醬三明治，有我年輕歲月裡一段單戀某人的傷感回憶。不知該說幸運還是不幸，那件事並非發生於單獨約會時。某天，我們和好幾個朋友一起去海邊玩，在隨波蕩漾的帆船上準備吃午餐時，我當著眾人拿出自己帶來的食物，邀請大家吃我拿手的雞蛋三明治。「哇、謝謝！」一位女性友人伸手拿起一個，吃了一口就壓低聲音對我說：

「阿川，這裡面的洋蔥沒有好好擠乾水分吧？」

「咦？」

受到她的指摘，我重新檢視，才發現自己做的三明治特別溼潤。正確來說，根本就是軟爛。

「泡過水的洋蔥，要先用乾布包著擰乾水分才能拌進去喔。」

這位朋友像烹飪老師一樣指出我的失誤。這時，我的單戀對象就站在她背後，視線望向遙遠的海面，裝成沒聽見的樣子。之後他到底有沒有伸手拿我做的三明治，因為太震驚的緣故已經不復記憶。只是直到現在，每次做雞蛋三明治，腦中還是會浮現故意轉頭看海的他的側臉，心微微刺痛……寫到這裡，忽然發現再次回想起這件事，心已經不痛了。最近我學會用蕗蕎取代酸黃瓜也很好吃。完全不相干就是了。

我人生中第一次做的菜是「炒蛋」。還是小學生時，我多半在石油暖爐上做菜。先往小的單柄鍋裡打一顆蛋，加入少許砂糖和幾滴醬油。充分攪拌後挪到石油暖爐上，手握四、五雙免洗筷伺機而動。等鍋子熱了，鍋底的蛋液稍微凝固，立刻將免洗筷插進去，一鼓作氣攪拌後，再次停下來等。看到蛋液一開始凝固，就又再次攪拌。反覆幾次，液狀蛋汁會愈來愈少。得等蛋液剩下多少才能把鍋子拿開呢？這個時機很難判斷。鍋子還在爐上時心想「這個口感剛剛

好」，吃的時候卻已太硬。所以，必須趁蛋液還有點半生時從爐子上拿開，這才是最適當的時機。小學二年級的我，就此學到「餘溫」的作用。

在軟硬適中的半熟炒蛋裡加入切碎的小黃瓜與紅薑，跟前一晚吃剩的冷飯拌在一起就成了「炒蛋飯」，這是我自己發明的料理。只不過，從來沒受到家人大力稱讚，通常是放學後肚子有點餓時，自己做給自己吃的東西。

說起來，父親很喜歡吃歐姆蛋。經常晚飯吃到一半，覺得菜不太夠的他，就會對母親說：

「喂，有什麼好吃的嗎？」

「咦——？是指其他的菜嗎？我想想喔……」

見母親打量冰箱找尋適合的食材，父親於是大喊：

「什麼都沒有的話就做歐姆蛋吧，奶油不用省，多放一點。」

母親一臉無奈，從冰箱裡拿出一顆蛋，開火加熱平底鍋。用免洗筷打散大碗裡的蛋，攪拌均勻後撒點鹽巴，倒入預熱好的平底鍋，再放入一大塊根本不需要那麼多的奶油。

雖然有時我會代替母親做這道菜，但也知道父親想吃的是母親做的歐姆蛋，所以盡量不插手。身為女兒的我或許沒立場說這話，可是母親做的歐姆蛋真的美得無法形容。沒有什麼特別的訣竅，只是俐落地用平底鍋快速煎熟一面再翻面而已。明明只是這樣，做好的歐姆蛋表面有著均勻的雞蛋色，裡面呈現半熟狀態，不知為何，形狀及大小都很有氣質。

我做的歐姆蛋就不是這樣了。不但有雜味，表面顏色和凝固程度也參差不齊。母親的歐姆蛋使我明白，從每個人做的歐姆蛋裡也能看出那個人的個性。

母親做的歐姆蛋一端上桌，父親頓時眉開眼笑。夾起一塊放在飯上，送入口中。

「哎呀，真好吃！」

聽到這句話不禁心想，早知道就用這道歐姆蛋當今天的主菜，何必浪費力氣做其他菜餚呢？我與母親面面相覷。

有一本料理散文叫《愛麗絲．B．托克勒斯的食譜》（*The Alice B. Toklas Cook Book*）。過去，我在寫名為《Soup Opera》的小說時，曾經參考過這本書。托克勒斯是個幾乎在法國度過一生的美國作家，與同為女作家的葛楚．史坦（Gertrude Stein）長年住在一起，也與海明威（Ernest Hemingway）及畢卡索（Pablo Picasso）、馬諦斯（Henri Matisse）等人頻繁交流。托克勒斯似乎很擅長做菜，她的食譜中也記載了歐姆蛋的做法。說得更正確一點，書中還以輕妙的散文描述了更多步驟繁複的肉類及魚類料理，但容易模仿的只有這道歐姆蛋，所以特別吸引我的注意力。只不過，她的歐姆蛋食譜實在很豪邁。由於這本書不在我手邊（愈珍惜的書愈容易弄丟），無法確定詳情，若根據十年前我寫的小說中的一段文章，發明這道歐姆蛋的不是托克勒斯本人，而是當時與她交情甚篤的畫家畢卡比亞（Francis Picabia）。書中稱這道菜為「弗朗西斯．畢卡比亞式歐姆蛋」。

別以爲這是普通的歐姆蛋，因爲發明人可是那位畢卡比亞。

這是托克勒斯書中的一句話。都說是「那位畢卡比亞」了，可見這位畢卡比亞不是「等閒之輩」。一生中變更過好幾次畫風的畢卡比亞曾在晚年宣稱「為了持續作畫，必須成為狂人」。說這種話的畫家發明的歐姆蛋，自然不會是普通的歐姆蛋。

先看材料。八顆蛋和半磅奶油。半磅約相當於兩百三十公克，一般家庭常見的奶油一盒是兩百公克，比那還要多。光是材料已令我大驚，也對這道歐姆蛋更加好奇。我決定做他的一半分量就好，也就是使用四顆蛋與一百十五克奶油。即使如此，這分量也已非同小可。

先將四顆蛋打入大碗裡攪拌，再以鹽、胡椒調味，再加熱平底鍋。按照食譜的說明，奶油必須逐步加入，花三十分鐘慢慢煎出歐姆蛋。花這麼長時間，蛋不會煎得太硬嗎？一邊抱持如此疑惑，一邊在熱好的平底鍋裡加入一點奶

油，然後倒入蛋液。奶油該先加二分之一？還是三分之一？或是四分之一？因為不甚確定，就先放了三分之一左右。既然要花時間慢慢煎，表示得用小火吧。雖然違背任何雞蛋料理都要用大火的常識，這道歐姆蛋似乎必須這麼做。鋪滿整面平底鍋的蛋海從底部開始凝固時，就用筷子將凝固的地方與液狀部分攪拌均勻。接著，再放入三分之一的奶油。見奶油在蛋液中融化，我忽然想起繪本《小黑桑波》裡，老虎融成奶油的場景。看準蛋液再次凝固時攪拌，投入最後三分之一的奶油。蛋液凝固，奶油融化，不管怎麼看，鍋裡都是浮在奶油湯裡的煎蛋捲。即將來到最後關鍵步驟，傾斜手中的平底鍋，將鍋中油汪汪的煎蛋快速翻面，調整為歐姆蛋的形狀。調整形狀並不困難，只是看來看去，奶油都會從煎蛋捲裡流淌出來。這種東西真的沒問題嗎，畢卡比亞先生？

其實我很喜歡奶油，小時候讀《小黑桑波》大受衝擊，甚至要求母親：

「做奶油湯給我喝！」

母親笑著回答：

「那種東西不可能做得出來啦。」

我還清楚地記得，因母親的回答大失所望那天，這段對話的地點是在家裡的簷廊下。就連這麼熱愛奶油的我，也被這道歐姆蛋的味道嚇到了。與其說是嚇到，不如說無言以對。不必用這麼多奶油也行吧。不只畢卡比亞，愛麗絲・B・托克勒斯、葛楚・史坦還有海明威，你們真的覺得這道歐姆蛋好吃嗎？我想起老愛把「別那麼小氣，多用點奶油」掛在嘴上的父親。要是吃了這個歐姆蛋，他不知道會說什麼。真希望父親生前能讓他吃一次。

對了，後來我問森山小姐，她說：「我的惡魔三明治只用三顆蛋啦。而且塔塔醬也沒用蛋，只在奶油起司和美乃滋裡加了切碎的酸黃瓜。」就算這樣也夠惡魔了好嗎！

原來早就有了啊

去了一趟紐約。由於同行者第一次去，我便自告奮勇傳授了她曼哈頓的基礎觀光行程。先站在河岸眺望自由女神，再去參觀原爆點，之後驅車穿越中央公園，經過哈林區，最後，「來，我帶妳去紐約現在最熱鬧的一間店」。

在居住當地的朋友帶領下，我們造訪了位於第五大道與二十三街交叉口的巨大義大利食材店。踏入那間位於老舊大樓一樓的店，裡面滿滿都是人。左右兩側架子上放的是義大利進口巧克力、新鮮甜點、咖啡、起司、冰淇淋、薩拉米臘腸與生火腿。往內走一點則是葡萄酒、廚房用品、生義大利麵、蔬菜、鮮肉、鮮魚，還有罐頭食品、瓶裝食品、橄欖油、剛出爐的麵包、當場現烤的烤雞與烤牛肉。不只如此，還有幾百種乾燥義大利麵、義大利麵、義大利細麵、義大利麵，以及一排又一排的葡萄酒、葡萄酒。不妨想像成百貨公司地下美食街的葡萄酒樓層擺滿義大利食材的樣子，這裡的商品就是如此種類齊全。此外，食材商品貨架之間還設置了幾張高腳圓桌，時髦的紐約客們聚集於此，手持葡萄酒杯，或高聲談笑，或優雅品酒。看來店裡還有幾間餐廳，也能看到客人坐在餐桌旁用餐的情景。

基本上討厭與他人接觸的美國人，不知是否只在進入這間店時例外。總之，店裡擁擠與熱鬧的程度，直教人想起東京車站。我已分不清眼前那些高大的人們到底是在走路，還是站著喝酒，又或是在排隊（實際上，新鮮甜點賣場與義式咖啡賣場及結帳櫃台前都大排長龍），我們從頭到尾只能不斷喊著「Excuse me」移動。

「這是什麼情形啊！」

受這氣氛震懾，愈來愈興奮的我們幾乎想取消之後的預定觀光行程，在這間店裡耗上兩小時。不過，下個要去的地方已經預約好了，也只能匆匆拿起眼前的帕馬森起司，抓緊整條薩拉米臘腸，撥開人群朝結帳櫃台前進。

那天晚上，在住宿處拆開剛買的起司，配葡萄酒咬一口，怎麼會有如此濃郁的口味，太好吃了吧！

「討厭啦，早知道應該多買一點。」

旅途中唯一不能留下的就是後悔。回國前一天，我們擠出時間再訪那間店，一邊喊著「日本才沒有賣看起來這麼好吃的義大利食材」，一邊掃下大量起司、罐頭、義大利麵與巧克力。那天深夜，勉強把東西塞進行李箱，意氣風發地回日本。

一回到家，我立刻發了電子郵件給弟弟，報告為他小孩買了衣服的事。順便提起：

「紐約很好玩喔，這次我找到一家很棒的義大利食材店，聽說現在正夯呢。雖然很重，還是買了很多食材回來。」

郵件一寄出，馬上收到回信。

「妳說的該不會是EATALY吧？如果是的話，這間店代官山就有了喔。日本橋三越百貨好像也有。」

EATALY！沒錯就是它。當時聽說店名來自「EAT（吃）」和「ITALY（義大利）」，我還大讚了這巧思一番呢。結果這間店，竟然在代官山？就有了？日本橋三越百貨也有？

我急忙上網查詢——

「誕生於義大利杜林的EATALY，於二〇〇八年首度開設海外分店，地點就在東京代官山。」

不只如此，我還發現繼代官山店之後，光是東京就開了五家分店（至二〇二〇年現在只剩下兩間）。怎麼會這樣，我臉色漸漸發青。因為，就在發現這個事實前不久，我還得意洋洋跑去向朋友施恩。

一回到成田機場，我就去了住在機場附近的朋友家。

「喏，給妳的伴手禮！」

從包包裡拿出自豪的起司與義大利麵，我誇下海口：

「這個啊，是紐約現在最受歡迎的時髦義大利食材店買的喔。妳吃吃看，這起司超好吃。」

「哇，真的好濃郁！不愧是紐約，口味就是不同。」

「就是說啊。看這個通心粉也是，日本根本沒看過吧，妳可以用這個做點什麼來吃。」

高舉那包有如雙重圓圈，形狀罕見的通心粉，我志得意滿地發表解說。

「哎呀，真是太感謝妳了，送我這麼寶貴的東西。」虧朋友那麼開心，結果卻是這副德性。

幸好還有唯一的救贖。EATALY紐約店的面積是代官山店的五倍大。既然店面大了五倍，商品種類規模自然不同，說不定也有日本沒賣的東西。是吧？

我說你們幾個，應該是第一次來到日本吧？我盯著買回來的罐頭與起司，悄悄這麼喊話。

火腿通心粉之謎

思考今天吃什麼好時，「火腿通心粉」幾個字浮現腦海。聽到這個詞彙就想到耶里希．凱斯特納（Erich Kästner）的人，或許和我很合得來。

沒錯，在凱斯特納原著的《小偵探愛彌兒》（*Emil und die Detektive*）中，一開頭就出現了火腿通心粉這種食物。趁學校放長假，主角愛彌兒獨自前往柏林的親戚家。當天愛彌兒一邊打包行李，一邊猛吃母親做的「火腿通心粉」。但是，愛彌兒不時停下手望向母親。因為接下來要離開母親好一段時間，愛彌兒擔心自己若是展現旺盛食慾，或許會讓母親難過。小時候第一次讀到這本書時，我就非常喜歡這一幕。愛彌兒正值愛搗蛋的年紀，也曾叛逆地說不想穿上外出服。但他還是很愛母親，正因如此，也才不想惹母親傷心。心想「愛彌兒這傢伙人不錯嘛」的我，同時也對火腿通心粉留下深刻印象。

事實上，除了這本書，火腿通心粉還出現在凱斯特納的代表作《飛翔的教室》（*Das fliegende Klassenzimmer*）中。凱斯特納在故事的後記裡清楚寫著「今天吃火腿通心粉，這是我最愛的食物」。看來，凱斯特納這位作家真的相當喜歡火腿通心粉啊。或者，火腿通心粉其實是德國的典型家常菜？

我一直對這道「火腿通心粉」感到好奇，然而多年來，始終沒有深入思考過那到底是何種食物。或許是因為看到「火腿通心粉」的當下，立刻直覺聯想為焗烤通心粉了吧。

事實上，《小偵探愛彌兒》裡出現的「火腿通心粉」，吃之前還撒上了起司粉。大概出於這個緣故，既然必須撒上起司粉，那當然是焗烤通心粉囉。

不過，等一下喔！第一次接觸這本書是超過四十年前的事，卻到最近才開

始產生懷疑。

如果這裡的「火腿通心粉」是焗烤，那怎麼會沒有關於白醬的描寫呢？假設凱斯特納真的那麼喜歡焗烤通心粉，除了火腿之外，一定也會寫下「一邊呼呼吹涼裹滿濃稠白色醬汁的通心粉，一邊往嘴裡送，沒有比這更幸福的滋味」等描述。至少，換成是我就會這麼寫。對小孩子來說，白醬的美味是無法忽視的重點。但是，凱斯特納沒有寫這些，他就只寫了「火腿通心粉」。

真要追究起來的話，焗烤通心粉裡會放火腿嗎？德國與日本飲食文化不同，無法概括而論，如果就我個人喜好，焗烤最適合的還是雞肉。用奶油炒香洋蔥與雞肉，加入水煮過的通心粉，等兩者混合均勻，再一邊注意鍋底不要燒焦，一邊撒上麵粉，然後繼續翻炒。炒到食材產生黏稠度後，一點一點倒入牛奶，拌勻使整體滑順，再用胡椒鹽調味，轉放入焗烤器皿，撒上起司粉，進烤箱烤至表面焦酥。

其實白醬最好另起一鍋調製，再用調好的白醬與雞肉及通心粉混合。不

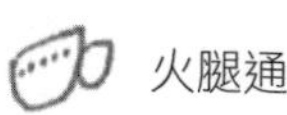

過，沒時間的話，像上面這樣先翻炒材料，撒上麵粉再倒入牛奶的簡易方法也可以。不管怎麼說，過程中都不會放火腿。

說到通心粉與火腿的組合，日本人最容易想像的應該是沙拉吧。放了火腿的通心粉沙拉，這是我們很熟悉的食物。愛彌兒吃的會是通心粉沙拉嗎？問題是，吃沙拉時不會撒起司粉。

弟弟年幼時，我常為他做加了蔬菜和肉類的炒通心粉。

「來，吃吧。」

弟弟露出不中用的表情點點頭，握著叉子打量盤中食物，避開蔬菜與肉類，只用叉子前端挑起通心粉吃。一次又一次，就是只挑出通心粉。

「為什麼不吃菜和肉？」

我嚴厲詢問，弟弟幾乎快哭出來了：

「因為人家討厭混在一起吃。人家只想吃通心粉。」

「別說這種話，你會長不大的。怎麼可以挑食呢！」

弟弟終於哭出來。

我無可奈何，後來幫弟弟煮通心粉時，總是只用奶油和醬油調味。按照弟弟的說法，他並非討厭吃菜和肉，只是不喜歡混在一起吃而已。這小孩太踐了吧。可是，試著吃一點按照弟弟要求做的奶油醬油口味炒通心粉，發現還真好吃。小孩都喜歡單純的口味。說不定愛彌兒吃的，也只是在這種簡單的炒通心粉裡放一點火腿的東西。

討厭牛奶

我從小就不喜歡喝牛奶。不是不能喝，只是若問喜不喜歡，到現在我還是會歪著頭嘟噥「嗯……」。

我家兄弟各個都愛喝牛奶。晚餐時從冰箱裡拿出牛奶，和配菜一起咕嘟咕嘟灌入喉嚨。晚餐的配菜和牛奶明明一點都不搭。不只我的兄弟，我發現身邊喜歡咕嘟咕嘟喝牛奶的小孩還不少。這些喜愛牛奶的孩子，通常都會被父母斥責「不要老是喝牛奶，也要喝水啊，多喝點水！」站在父母的立場，應該是不想花太多牛奶錢吧。看著兄弟與朋友，我總認為一定是因為他們喝了那麼多牛

奶，所以才會長高。而我之所以這麼矮，肯定因為我不喝牛奶。

事實上，我從小個子就矮小。在學校按照身高排隊時，頂多排到前面數來第三個，從來沒再往後排過。十幾歲時沒有突然抽高的記憶，什麼睡夢中聽到骨頭發出嘰嘰聲抽長的事，於我更是未知的體驗。每次放完暑假，那些原本跟我一樣小個兒的同學身高紛紛高過了我，實在很不甘心。為什麼大家都成長得那麼快？為什麼只有我依然這麼矮？隱約明白那是因為自己不喝牛奶的緣故，內心惴惴不安。

既然不喝長不高，那就喝吧。我喝，我喝就是了。可是一旦視喝牛奶為義務，更是喝不下去。每次嘴巴接觸牛奶瓶口，一股難以言喻的奶臭味撲鼻而來，我都心想「所以才說我討厭喝牛奶啊」。

雖然討厭喝新鮮牛奶，我卻喜歡使用牛奶做的料理。焗烤通心粉、玉米濃湯、白醬燉菜、馬鈴薯泥、奶油可樂餅……例如馬鈴薯冷湯，就算不是夏天也會嚷著「想喝」，感冒時則總是沒來由地想吃牛奶土司（過去也曾寫過，就是在烤過的土司麵包上塗抹奶油、撒上砂糖，再注入大量熱牛奶的食物）。

做甜點時，要是沒有牛奶就少了什麼。無論牛奶布丁、法式奶凍、杏仁豆腐或鬆餅……牛奶都是不可或缺的食材。

國二時，我第一次知道什麼是奶昔。放學時偷偷繞道原宿，在那裡的美式漢堡店買一杯那間店最有名的奶昔。初次喝下奶昔時，深深感動於世界上竟有如此時髦的飲品。很快地，也忘了向誰學來的，我獲得了奶昔的做法。從此之後，自己在家也經常做來喝。調製奶昔得先打蛋，把蛋白和蛋黃分開。學會「把蛋白和蛋黃分開」技巧時，感覺自己朝大人的世界邁進了一步。右手拿生蛋，往大碗邊緣敲幾下，目標是在中央敲出裂縫。姆指壓在裂縫上，小心翼翼朝左右兩邊掰開蛋殼。蛋白瞬間溢出，掉到預先放在底下的碗裡。這時，要用蛋殼接住蛋黃，不能讓蛋黃也落入碗中。接著，把承接了蛋黃的半邊蛋殼稍稍傾斜，只將蛋黃部分移到另一邊的蛋殼內，原本殼中殘餘的蛋白倒到碗裡。反覆上述步驟幾次，直到蛋白全部落入碗裡，再把蛋黃移到小一點的容器備用。

接下來的工作煞費勞力。必須手握打蛋器，將蛋白打成蛋白霜。往往打到一半手臂痠痛，還得停下來休息。不過，若想做出美味的奶昔，這是無可避免的事。再度擠出力量打蛋白，就在擔心蛋白是不是永遠不會凝固時，濃稠黏膩的蛋白忽然輕盈起來，變成鬆軟雪白的蛋白霜。那一瞬間真是美得無以倫比。用打蛋器沾一點蛋白霜，確認已達到可以豎起來的硬度，就將一旁備用的蛋黃與砂糖投入碗中。蛋白霜轉眼散發光澤，變得像是一張淺黃色的羽毛被。此時滴入幾滴香草精，再注入冰過的牛奶。嚐嚐味道……嗯，做得非常好！

「我想喝奶昔，姊姊，做給我喝嘛！」

每次弟弟這麼央求，我就會一邊抱怨，一邊走向廚房。

「咦？那個很麻煩耶，姊姊很累了！」

那時，我不知道為弟弟拿起幾次打蛋器。儘管覺得麻煩，仍不厭其煩地製作奶昔，或許因為我也抗拒不了香草精與雞蛋、砂糖和牛奶融合後的魅力甜香吧。明明我是那麼討厭喝牛奶的人。

只要和其他東西混在一起，牛奶對我來說就充滿魅力。比方說奶昔、咖啡牛奶或草莓牛奶。不是「這樣的話就勉強可以喝」，而是讓牛奶搖身一變成為我搶著拿來喝的飲料。只有香蕉牛奶（香蕉切片泡在牛奶裡）有時令我猶豫。要是香蕉果汁的話就毫不猶豫了。

我想起一件事。這件事其實以前寫過，雖然不好意思再寫一次，草莓事件確實是我年幼時的苦澀記憶之一。

沒記錯的話，應該是四歲的時候。那天全家一起外出，得到一盒草莓。回程我坐在父親駕駛的日野雷諾後座，將那盒草莓抱在腿上，嘴裡喃喃低語：

「好想用這草莓沾鮮奶油吃喔。」

因為在那前不久，住附近的阪田太太送了我們她親手做的草莓鮮奶油蛋糕。那蛋糕之美味令我魂縈夢繫。當時甜點店賣的蛋糕多半使用奶油醬，相較之下，阪田太太用鮮奶油做的蛋糕吃來清爽不過甜，鮮奶油與質地粗鬆的手作海綿蛋糕形成絕妙搭配，頗有新鮮感。自從知道那雪白的奶油叫鮮奶油後，我

對鮮奶油就懷抱著一股嚮往。不是牛奶，如果能在草莓上淋鮮奶油，不知道會有多好吃。把草莓放在腿上，我腦中充滿幻想。瞬間，從駕駛座傳來父親的怒罵聲。

「妳說什麼？」

我根本不知道發生了什麼事。

「竟敢說要用鮮奶油沾草莓吃？這麼奢侈的話也說得出口？一定是妳教育方式出了問題，才會教出這種小孩！」

父親憤怒的矛頭不只朝向我，還波及了母親，那天晚上甚至釀成讓我做好一家離散心理準備的慘劇。

之後，每次經過公車道旁的牛奶行，草莓事件的恐懼就會再次浮現。我在店門口停下腳步，看一看鮮奶油，又看一看牛奶。印象中，昭和三〇年代中期牛奶一瓶大約十三圓，鮮奶油則要價五十或六十圓（不是很肯定）。確認了價格，我再次邁開腳步，低聲說服自己：「浪費乃大敵，浪費乃大敵。」

本該厭惡的牛奶，倒也不是沒有忽然覺得好喝的瞬間。小學時代，學校午餐配給的主要是用脫脂奶粉泡的牛奶。現代人或許多半沒聽說過這種脫脂奶粉，要是戰後十幾年內上小學的世代，不管喜不喜歡，一定都接受過脫脂奶粉的洗禮。

泡好裝在深鍋裡的熱脫脂奶粉會先倒入鋁杯，和當天的午餐菜餚及橢圓餐包（有時是裝在塑膠袋裡的兩、三片土司）一起擺上托盤。隨著「我要開動了」的號令，我總是一口氣就把杯子裡的脫脂奶粉喝掉。因為放涼了更難喝。只要趁熱喝，就能減少奶臭味。然而，這個策略有時也會弄巧成拙。喝完屬於我的那杯脫脂奶粉，正在吃配菜時，遊走課桌椅間巡視的級任導師提著一個大水壺走到我桌邊。可怕的事就此發生。

「喔，阿川同學，看來妳很喜歡喝脫脂奶粉嘛。要不要再來一杯？好，就再特別贈送妳一杯。」

「咦──！」

就這樣，討厭脫脂奶粉的我，偏偏落得必須喝兩杯的下場。

這種苦行持續了一段時間後，每個月大概有一次，學校會用鮮奶取代脫脂奶粉。一看到鮮奶，所有學生鼓掌狂喜。我也一口麵包、一口牛奶地吃起來，沉浸在「牛奶怎麼會這麼好喝」的感慨中。

從此之後，我變成喜歡喝牛奶的人……可惜這種好事並未發生。雖然覺得學校的牛奶好喝，回到家還是不會主動喝牛奶。為什麼呢？因為在家不會喝脫脂奶粉，無從感受牛奶的可貴。若說這份認知曾為我帶來什麼教訓，那就是「如果有討厭吃的東西，在那之前只要固定吃更討厭的東西，或許就不覺得原本討厭的東西難吃了」。

話說回來，我生平第一次愛上的雞尾酒，也是牛奶基底的口味。那是名為「咖啡蜜牛奶」的雞尾酒。明明喝起來和咖啡牛奶沒兩樣，卻令人心情愉悅，是不是有點醉了呢。適度的甜味與些許苦味容易上癮，到最後，我甚至買了有著鮮豔黃紅標籤的大瓶咖啡利口酒，在家自己摻牛奶喝。說起來已是二十幾歲時的夏日回憶。

前幾天，我和初次見面的演員木下鳳華先生聊起喝酒的話題，他說自己二十五歲前都不會喝酒，直到遇見咖啡蜜牛奶，深深迷上這款雞尾酒，從此變成熱愛喝酒的人。

「不過，現在我對甜口味的酒已經完全沒興趣就是了。」

聽他操關西腔如此辯解，我深深明白他的心情。咖啡蜜牛奶很危險，因為甜甜的，一不小心就會喝過頭。讓我想起自己年輕時，以為跟咖啡牛奶差不多就失去戒心，在聚餐上喝多了的往事。

直到現在，坐在時髦酒吧的櫃台邊時——

「嗯……喝什麼好呢，我是滿喜歡乾馬丁尼啦……」

捫心自問，當天已經喝過葡萄酒，最好別再喝酒精成分太高的雞尾酒。此時，我想起了咖啡蜜牛奶。自己也知道落差太大，可是除了這兩樣，我又不熟其他雞尾酒。

「那就給我咖啡蜜牛奶吧……？」

才剛說完，環顧酒保與同行眾人，似乎無法在他們身上找到共鳴。他們的視線像在無言表示「裝什麼可愛啊」。好吧，訂正。可是，我的嘴巴和胃囊已經完全朝牛奶口味的方向靠攏。

「不然那個吧，請給我用貝禮詩奶酒做的雞尾酒。」

自以為調整得符合自己的年紀，周遭眾人依然沉默不語。

「阿川小姐，妳還真喜歡牛奶呢。」

不、不是這麼回事啊。還是……難道說，我其實很喜歡牛奶？

送進後台休息室

去朋友演出的戲劇舞台或音樂會後台休息室探望時，該帶什麼去好？我每次都很煩惱。

最常帶的是香檳。香檳的祝賀性質強烈，價格又比較實惠。除非太高級的品牌，否則即使一般價格的香檳，也不會像葡萄酒的落差那麼大，種類又不多，挑選起來不費力。更重要的是，香檳可保存。只要對方喜歡香檳，不管收到幾瓶都會很開心。不過，有時也會遇到說「我不能喝酒，只好轉送朋友」的人。轉送他人我並不介意，只是既然都要送東西了，當然希望收禮的當事人喜歡，不然難免有些遺憾。

對，有什麼是能讓當事人喜歡，也能取悅休息室裡其他人的伴手禮呢？

我帶過豆皮壽司。在沒有上場的空檔，演員可以在後台休息室不時拿起來吃，應該很方便吧。按照同樣的道理，我還買過海苔捲壽司。有捲瓠瓜的、捲漬菜的，也有太捲壽司、星鰻小黃瓜捲……選購時，看著看著自己都嘴饞了，就請店家另外給我裝一盒，自己趁中場休息的時間跑到大廳享用。嗯，還真的是買對了，大家一定都喜歡。我一邊咀嚼嘴裡的星鰻小黃瓜，一邊滿懷自信這麼想。

不料有一次，碰巧聽到某位歌手嘀咕「上台前吃米飯類的食物哽住喉嚨，沒辦法好好發出聲音」。原來如此，說得也有道理。此後，每次想買豆皮壽司或海苔捲壽司去後台休息室時，我都會有所顧慮。不然，請對方結束表演後再吃吧。可是，演唱會結束後，可能馬上得移動到慶功宴會場。這麼一來，生鮮食品就成了麻煩的累贅。當然，對方或許會把壽司拿回家當宵夜，只是那樣就不新鮮了。

能一口吃下的水果，比方說切好的鳳梨或草莓，收到的人多半都很喜歡。唯一的缺點是不能久放。不是每間休息室都備有冰箱，收到之後若能立刻吃掉當然沒問題，但總不能強迫人家「盡快吃掉」吧。

「去後台休息室探望時，想要我帶什麼去？」

我也曾在前往劇場前，乾脆直接這麼問。對方是三谷幸喜先生。三谷先生沉默了一瞬，毫不拖泥帶水地回答：

「鹹的東西。」

這樣啊。一定是收到太多零食甜點之類的食物了，我非常能理解他想吃鹹食的心情，卯起勁來心想，既然如此，不如多蒐集一點鹹食帶去吧。

當天，我帶了仙貝、鹽漬花枝、醃菜、芝麻鹽、明太子（又鹹又辣）、柿子花生……還有什麼我也忘了，總之裝了滿滿一紙袋。遞給三谷先生後，他往袋內一看就露出苦笑。我就當這表示他喜歡囉。

前幾天，我去聽了森山良子小姐的演唱會。因為準備不周，臨出發前手忙腳亂的，一邊開車才一邊想起還沒買帶去休息室的慰勞品。偏偏附近沒看見酒行，映入眼簾的是一間說不上家具店還是花店的不可思議店鋪。停下車進去一看，賣的是手作家具與盆栽。其中有個小盆栽，開著一朵粉紅色的迷你玫瑰。

「哎呀，真可愛。請給我這個。」

我捧著盆栽走向結帳櫃台。

「感謝惠顧，這盆三百圓。」

三百圓？以帶去後台休息室的慰勞品來說，三百圓是太便宜了。可是，店裡又沒看到其他價格適當的花。再說，價格一高重量也會增加，帶一大盆植物到後台，反而會給人家添麻煩。

「哇，謝謝，好可愛喔。」

送上這盆花，森山小姐也很開心。不過，我還是說不出它只要三百圓。

今天要去看的演奏會，我老早就決定好帶什麼去後台休息室了。這次要帶的是自己做的蘿蔔乾。演奏者是我的小提琴家朋友，差不多五年前起，她就央求過「想吃阿川小姐自己做的蘿蔔乾」。原來她在我以前寫的書裡讀過這個，從此一直很想吃。好好好，下次碰面時會先做好帶去。儘管這麼約定了，每次見面我都無法實現承諾。今晚是個好機會。

於是，今天先去買了食材，一邊寫這篇稿子一邊煮。切成細條的白蘿蔔乾大致清洗後，先用熱水燙一遍。油豆腐皮也先燙過，切成細條備用。鍋中下點油，放入白蘿蔔乾和油豆腐皮拌炒，再加入料理酒、砂糖、醬油與高湯，熬煮一段時間。

煮好之後可以裝進塑膠容器，蓋上塑膠膜以免湯汁滲出，再用可愛的包袱巾包起來。問題是，應該沒有觀眾會帶這種慰勞品去古典音樂演奏會的後台休息室吧。大家一定都穿著正式的服裝，嘴上一邊喊「Bravo!」，一邊獻上高格調的掌聲。坐在洋溢獨特古典氛圍的會場中，要是這盒還有餘溫的煮白蘿蔔乾飄出味道來可怎麼好。演奏結束後，小提琴家不是和外國指揮握手，就是被

音樂評論家包圍吧。要是這時走向她，遞上這盒煮白蘿蔔乾，她說不定會很困擾。可是做都做好了……怎麼辦，還是改帶香檳嗎？真傷腦筋。

重複使用

我是會重複使用保鮮膜的女人。

有一次，不經意在電視綜藝節目的錄影現場說了這件事。

「咦？阿川小姐，已經用過的保鮮膜，妳會再用一次喔？」

主持人那句「原來您是惜物的人呢」之中，找不到一絲讚許意味，反而充滿一股難以置信到無言以對的氛圍。至於那些一起錄影的年輕女明星，已經不只是說不出話，甚至皺起眉頭嫌惡地看著我。這件事有這麼值得詆毀嗎？

「可是，還是要看使用方式吧，有些時候保鮮膜根本沒怎麼髒啊？」

我平靜反駁。在這種場合認真生氣太不成熟了，只要具體舉例說明，相信大家也能理解才是。

「比方說……」

配飯的菜若沒吃完，大家都會在容器上蓋一層保鮮膜再放入冰箱吧。可是，隔天再度拿下保鮮膜來吃這道菜時，保鮮膜並未沾染菜汁或黏上菜渣。保鮮膜接觸到的，只有容器上方的邊緣而已。撕下來的保鮮膜還是很乾淨，看上去既不髒也沒受損。即使如此，為了保險起見，我還是會用水清洗再晾乾。乾了之後，就先放在流理台旁邊，等待下次派上用場的機會。煮新的料理時，想把切剩的檸檬或不小心切太多的生薑蒜末等食材冰進冰箱，環顧四周找尋。喔！這裡不是有張保鮮膜嗎？就像這樣，用過的保鮮膜還是很好用。

然而，聽了我這番說明——

「竟然還洗乾淨再用？太扯了，不可能！」

女藝人們拚命揮手否定我的意見，搞笑藝人搖頭嘆氣。我成了在非主場孤軍奮戰的孤傲運動選手。沒有一個人贊同我，主持人還給了我最後一擊：

「節儉到這種程度，您究竟想存多少錢？」

攝影棚內瞬間爆出哄堂大笑，結束了當天的收錄。

沒關係，反正就是個綜藝節目，上綜藝節目愈多人嘲笑效果愈好。我不介意。這麼想著過了幾星期，保鮮膜的恥辱差不多從我腦中淡去時，正好接受某雜誌的採訪，對方一坐下來就問：

「阿川小姐，聽說您會重複使用保鮮膜，是真的嗎？」

雜誌採訪的主題完全與這無關，第一題卻問了這個。後來在另一個聚會上遇到的人也說：

「上次那個電視節目我看了喔，阿川小姐竟然會重複使用保鮮膜？這不是真的吧？」

之後也是，只要遇到看過那節目的人，總會提起「重複使用保鮮膜」的事。我自認在節目上還提供了其他有趣話題，可惜觀眾似乎只記得「保鮮

膜」。難道我從來沒有說過這麼令周遭驚愕的話嗎？

「有喔、有喔。」

與我有著老交情的編輯八木這麼說。

「就是胸罩事件啊。保鮮膜重複使用的事，驚人程度大概和那不相上下！」

我實在不想自己重提這檔事，不過也在散文裡寫過了。某次，我跟朋友討論起胸罩需不需要每天洗，對方問：「不然，阿川妳都多久洗一次？」

「嗯，三星期一次吧。因為沒怎麼髒啊，畢竟一回到家就脫掉了。」

在場五、六個相識多年的女性友人聽了傻眼……寫成散文後，換來的是不少人對我皺眉頭的反應。八木現在說的就是這件事。

為了保險起見，我得事先聲明，現在已改成差不多兩星期洗一次，對這事也稍微反省過了。但是關於保鮮膜，我認為自己無法妥協，也不必反省。

請大家想想保鮮膜的心情好嗎？在工廠裡密密地捲滿一軸心，不知道被封在細長黑盒子裡多久。某天盒子忽然打開，光線照射進來。清潔的手指抓住邊緣，捲筒滾動起來。「那我先走一步了！」「嗯，加油喔，哥哥！我們隨後就到！幸運的話，說不定能在冰箱裡碰面！」和保鮮膜家人們告別，咻咻咻地被拉出來、裁斷，保鮮膜長男迎向獨立的瞬間。好，看我大顯身手吧！我的任務是什麼呢？很快地，長男蓋住了一個大碗。往下一看，底下有用美乃滋拌過的馬鈴薯、洋蔥、小黃瓜、水煮蛋，哇喔，連蘋果都有。原來我的任務就是守護這碗剛做好的馬鈴薯沙拉。收到，遵命！各位蔬果，你們好嗎？只要有我這層膜把關，絕不讓外來細菌塵埃入侵。當然，我也會阻止蚊蟲闖入。在移入餐盤之前，你們就放心在此度過吧。保鮮膜長男朝沙拉軍團喊話，內心暗自鬆了一口氣。太好了，不是去微波爐……

假使收到的指令，是包起生玉米或生馬鈴薯送進微波爐，他當然也會好好完成這個使命。長輩諄諄教誨，不可成為遭人活擒的俘虜受辱，一旦經過微波爐光線侵襲，肯定會變得皺巴巴、軟趴趴，離開微波爐後也只能接受直奔垃圾桶的命運。長男早已做好犧牲的心理準備，也甘願承受命運。只是，內心仍懷

著一絲希望，說不定自己的任務只需蓋住盤中菜餚，又或是包住乾淨食材。如此一來，就算暫時要在冰箱裡生活，也還有再次接獲任務的可能性。聽說這間廚房的主人抱持重複使用保鮮膜主義，或許還能擁有第二次、第三次出擊的機會。啊，太好了，能在這間廚房工作，我實在太幸運了。

就像這樣，我家的保鮮膜應該很欣慰。不，他們肯定很開心。

說起來，在我還是個孩子的年代，根本沒有保鮮膜這麼方便的東西。興起這個念頭後隨手查了一下，得知家庭用保鮮膜在日本發售是一九六〇年代的事。當初價格昂貴，民眾又不清楚用途，銷售量似乎不太好。直到冰箱與微波爐日漸普及，保鮮膜才深入全國，成為家家戶戶常備的日常生活用品。一說才覺得好像真是這麼回事，其實記不太清楚了。保鮮膜早在不知不覺中，成為日常生活不可或缺的存在。

保鮮膜出現之前，煮好的飯要是吃剩，人們也還不懂冷凍保存的方法。所以，以前飯鍋裡總囤著冷飯。我倒是挺愛吃冷飯，現在也堅信熱騰騰的咖哩淋在冷飯上最對味。我還會在冷飯裡加入半熟炒蛋與切碎的小黃瓜、紅薑末攪拌來吃（就是〈惡魔歐姆蛋〉裡提到的炒蛋飯）。一思及此，幼時進廚房的記憶瞬間復甦。無法忘懷冷飯的我，就算買了電子鍋，多年來幾乎不曾使用「保溫」功能。現在則在按下「保溫」前，就先將剩飯用保鮮膜包起來冷凍了。

去美容院染髮，保鮮膜一定會派上用場。美容院的保鮮膜和家庭用保鮮膜似乎是不同種類的商品。話雖如此，看著髮型設計師從細長盒中咻咻拉出一段保鮮膜，包住頭髮，再拉出一段，再包住頭髮，一個客人差不多就要用掉一盒。看到那毫不吝惜消耗保鮮膜的樣子，我心裡都在想，沒有保鮮膜的時代，人們是怎麼染髮的啊？

去超市買了一堆東西回家，總會多出大量包裝垃圾。近年來超市獎勵環保，只要結帳時主動告知不用塑膠購物袋，即可退還兩圓。但是，這項措施並未實際減少包裝垃圾。裝豆腐或蒟蒻絲的薄塑膠袋或購物袋，都只在從超市回家的路上使用那短短幾分鐘，乾淨得一點也不像垃圾。我會把這些袋子折成小

小的收進抽屜。抽屜很快就滿了，只能勉強硬塞。廚房有好幾個抽屜，全裝滿這些小塑膠袋或橡皮筋、緞帶等東西。忽然發現，從前買食材回家好像沒有這麼多垃圾啊？這才想起，以前的人買菜都用報紙包。

從前相信水和安全不用花錢買的日本人，隨著時間的流逝，即使已經習慣花錢買水，卻開始出現以為保鮮膜和面紙不用錢的傾向。現代人不知為何，抽取面紙時習慣一次連抽兩張。我看這件事很不順眼，每次看到連抽兩張的人都想大聲斥責：

「抽一張就夠了！」

實際上幾乎從來沒這麼斥責過就是了。

前幾天母親來我家，抽面紙時也連抽兩次。這可讓我大驚失色。昭和初期出生的她，什麼時候竟臣服於消費文化了。

「別一次抽兩張！一張就夠用了吧！」

被我這麼叱喝，母親聳聳肩。

「有什麼關係，只不過是面紙。小氣鬼！」

居然說我小氣鬼。這下就清楚了，我的節儉精神並非傳承自母親，而是我自己的崇高哲學。

言歸保鮮膜。所以，保鮮膜對我來說，不是可以毫無節制使用的東西。可是，又不能完全不用它，畢竟沒有比它更方便的東西了。因此，一張至少用個兩次或三次再丟吧。

「您會把一張保鮮膜用到三次嗎？」

編輯八木這麼問，一副等著取笑我的樣子。

「偶爾啦。」

「這樣的話，判斷丟棄的基準是什麼？」

「基準？當然是髒到洗也洗不乾淨，或是變得軟趴趴無法再用的時候啊。」

「到了那個階段，保鮮膜早就失去黏性了吧？」

「就算失去黏性，拿來包個薑皮還是可以的喔。」

「您連薑皮也會留下來嗎……」

看來要獲得別人理解是不可能的事了。無意義的問答到此為止，總之，我到死都會重複再重複地利用保鮮膜。

筷子之家

上次寫了重複使用保鮮膜的事，就有認識的人來問：「既然這樣，阿川小姐又是怎麼看待免洗筷的呢？」對方大概認為，既然是會重複使用保鮮膜的人，想當然耳，免洗筷也不可能只用一次就丟掉。

這個推理完全正確，小氣的我怎麼可能用一次就丟掉免洗筷。話是這麼說，倒也不會把所有用過的免洗筷都留下來。在外面用餐，比方說在電視台休息室吃外燴業者做的便當時，我就不會把用過的免洗筷帶回家。便當附的免洗筷，還是讓它和吃完的便當一起壽終正寢比較好。只是，丟掉它們的時候，我

忽然察覺一事。免洗筷紙袋裡還有一根牙籤。這根牙籤是全新的，尚未完成它的使命。問題是，眼前並無使用牙籤的必要。除非臼齒裡真的塞了弄不掉的菜葉，或是門牙縫裡夾了菜渣，若非遇到這種迫切需要解決的狀況，平常我實在沒有使用牙籤的習慣。不、說這話並不代表我牙齒不容易卡菜葉，正好相反，我有一口經常卡菜葉的牙。隨著年紀增長，食物殘渣塞牙縫的機率愈來愈高。為什麼會這樣呢？大概因為牙縫愈來愈大了吧。在工作場合讀劇本等資料，或是和工作人員開會討論時，忽然覺得不對勁，拚命用舌頭舔舐臼齒，想弄掉卡住的菜葉（通常是三葉菜或韭菜、波菜等綠色蔬菜）。然而，敵人實在不好對付。明明飯後已經刷了牙，也用水咕啾咕啾漱口了，還是感覺得到菜渣殘留。不甘心的我，趁人沒看到，迅速將拇指及食指伸進嘴裡，睜大眼睛，一臉惡狠狠的表情，想把夾住的菜葉拉出來。偏偏這種時候一定會被人看見。

「塞牙縫了嗎？那個不弄掉很難受呢。」

目擊者苦笑著安慰我，我也苦笑回應：

「就是說啊，怎麼也弄不下來，不好意思啊。」

直到這個階段，我才會伸手去拿牙籤，與菜葉正面對決，一掃而空。

「哎呀，終於弄掉了！」

用面紙包起捕獲的菜葉，順便連大顯身手的牙籤也包起來，再裝作若無其事的樣子擦去指頭上的口水，丟進垃圾桶。或許有人會說，既然如此，何不一開始就乖乖用牙籤呢。問題是，我就是無法不抗拒這麼做。

雖然不知道誰發明的，牙籤確實是非常方便的東西。然而，如此方便的牙籤，卻也伴隨了某種既定印象。簡單來說，就是嘴角叼著牙籤，發出吸吸咻咻聲音的歐吉桑。或是妝容完整，身上穿戴一流服飾的貴婦，忽然掀起嘴唇，表情扭曲地與菜渣搏鬥半天的樣子。我可不想讓別人從我身上感受那種跌破眼鏡的落差。

「妳在說什麼啊，把手指伸進嘴裡不是更難看嗎？」我知道一定會有人這麼反駁。可是，在我的美學意識中，手指只伸進嘴裡一下子「還算好」。

縱然是使用頻率這麼低的牙籤，我也無法忍受用都沒用就丟掉。牙籤會哭的。都還沒派上用場，為什麼就要進垃圾桶啦。彷彿聽到牙籤如此泣訴的聲音，忍不住把它放進了包包。心想，總有用得到的時候。比方說去哪裡喝酒，端上來的下酒菜有橄欖和起司，對方卻說「不好意思啊，現在沒有叉子」。這時，我就可以爽快回答：

「不要緊，我有帶牙籤。」

再舉個例，看到年輕人試圖用長長的指甲去按手錶或電腦上那極小的重置鈕，卻怎麼也按不下去時。

「要不要用這個試試看？」

遞出牙籤，就能幫對方一個忙。

或者，清理磁磚縫隙、剔去塞在高爾夫球桿面的髒東西、除去電腦鍵盤縫隙間的灰塵……除了插進嘴裡之外，牙籤能做的事可多了。所以，只要將它們放進包包，總有一天能夠重見天日，為世人貢獻一己之力。就因為這麼想，我的包包裡老是放著兩、三根蒙塵的全新牙籤。

說到哪去了？對，是要講免洗筷的事。不好意思讓您久等了。

在外面吃便當用的免洗筷雖然會丟掉，仔細想想，我曾把餐廳裡的免洗筷帶回家過。有些店提供質感驚人的高級白木筷，尤其又是我喜歡的尖頭筷子。大部分免洗筷尖端不是圓的就是四方形，一般來說，以直徑四公釐左右的筷尖居多。然而那次拿到的免洗筷，筷尖只有一、兩公釐，別的不說，看上去就是美。而且又好用。拿在手中感受得到筷子師傅的態度。就算是機械削出來的也一樣。每次遇見這種筷子，直到吃完東西，注意力都還在筷子上，一時之間不忍離席。心想，反正店家一定會把這雙不知誰用過的筷子丟掉，不可能洗乾淨後重複使用。於是，我下定決心提出要求：

「這雙筷子真漂亮，可以讓我帶回家嗎？」

「當然可以，請自便。」我期待店家如此回應。不出所料，店家也確實這麼說，那我當然就把筷子帶回家囉。這種時候，都會有種「賺到了」的心情。

可是，一回到家便發現，家裡已有夠多免洗筷了。剛才試著數了數，平常拿來做菜用的免洗筷，光是放在瓦斯爐旁筷筒裡的就有二十三雙。櫥櫃裡還有其他沒用過的免洗筷……分別印有壽司店、豬排店、日式料理店等餐廳名稱。此外，買來打算給客人用的免洗筷，一袋四十雙共有兩袋，加上預備過年使用的豪華免洗筷，總共超過一百雙。竟然這麼多……除了這些之外，冰箱冷凍庫裡還有大分某旅館送的竹筷（是我喜歡的尖頭筷子），用布包起來珍惜地存放了好多年。竹筷容易發霉，若想長久保存，最好放在冰箱冷凍。因為捨不得，很少拿出來用，就這麼凍在那裡等待正式出道。

既然有這麼多免洗筷，應該盡量消耗現有的筷子，別再帶更多回家了。家人和來訪的朋友都曾這麼指責，這件事做起來卻不簡單。筷子的持久度遠勝保鮮膜，就算用了兩、三次也毫無折損。洗乾淨之後又是一雙美筷。即使心想「已經用夠本了，這次一定要丟掉！」姑且清洗晾乾一看，筷子再度恢復乾淨漂亮的模樣。真是傷腦筋的傢伙。

在家做菜時，免洗筷當然派上很大用場。炒菜也好，夾菜擺盤也好，攪拌醬汁也好，想稍微嚐點味道時也好，免洗筷跟著我毫不歇息、勤勉工作。說起來，免洗筷真是我的戰友。算算我手握免洗筷的時間一定很長。菜差不多做好時，我又會抓著免洗筷移動到餐桌。然後，直接用那雙筷子開動。吃了一會兒，低頭往手邊一看，才發現自己擺在筷架上那雙我專用的江戶縞黑檀木八角筷，怎麼還靜靜躺在那裡等待。

這是婚前先生送我的筷子，和他的成雙成對。形狀是我喜歡的尖頭筷，夾起東西來不易滑落，握在手裡的重量和粗細都剛剛好，外觀也很美。我雖然很愛用這雙筷子，常常回過神來才發現，自己又用廚房帶出來的免洗筷吃飯了。

在這雙八角筷之前，未婚時代的我長年使用一雙塗漆筷。那原本是一雙有著黑色與紅色木紋圖案的四角筷，後來外側塗漆幾乎剝落，也記不得是誰買給我的了。當時，父親的筷子是黑漆混金粉，母親用的則是紅褐色的小巧漆筷。我想起往日，把全家人的筷子擺上餐桌是女兒的工作。那雙我還是小

姐時用的塗漆筷，雖然大概已沒有機會再上餐桌，想來如今依然帶著我家餐桌上那些奇怪又好笑，時而恐怖又壯烈的回憶，沉眠在某個抽屜裡吧。

有時我會犯下一種失誤。假設在餐廳吃飯，尤其是在中華料理餐廳吃飯時，要伸手去夾端上來的菜。這種時候，大盤子旁通常會放一雙夾菜專用的免洗筷。我拿起這雙筷子，一邊聊天，一邊夾一點菜進自己的小盤子。心想，拿這點應該不會被罵吧。

「嗯，真好吃。」

「真的，好好吃。」

身邊的同伴點頭稱讚，我們繼續聊天。正當我笑著拿起紙巾擦嘴，忽然發現一事。

我手上怎麼會握著一雙免洗筷？這是誰的？怎麼會冒出這個疑問呢，因為眼前自己的小盤子上，還擱著另一雙免洗筷。為什麼只有我這裡出現兩雙筷子？從什麼時候開始變成兩雙的？我狐疑起來，仔細一想，立刻明白了答案。

手上拿的是夾菜專用的公筷。但是，已經放進嘴裡一次的筷子，總不能再放回大盤子旁邊當公筷。既然這樣，不如把自己原本那雙放過去吧？不不不，記得那雙也已經進過我嘴巴了。唔嗯……我環顧四周，確認沒有人察覺後，裝作若無其事的樣子，用濕紙巾輕輕擦拭手上的公筷，再故作自然地放回大盤子旁邊。或許有人會說，請店家再拿一雙新的免洗筷來，問題不就解決了嗎？可是這會浪費掉難得有機會上餐桌的第一雙公筷，太可憐了。所以，今後如果有人和我一起吃中華料理，請一定要多多注意，因為我常犯下這種失誤。

順帶一提，大家知道嗎？有些中餐館提供的公筷比普通筷子長上許多。我聽人家說，那是為了方便客人坐在椅子上也能夾到餐桌中間的菜，所以筷子才做得那麼長。要是所有夾菜專用的公筷都能做得這麼長，就算是我也一定不會再拿錯。

對奢侈過敏

保鮮膜的重複使用啦，牙籤的多種用途啦，老是寫這些吝嗇話題，顯得我這人好像很小氣似的，心情不免窩囊起來。才沒這回事呢！該花錢時我也是會花的。用高級貨本身就是一種投資，聽到別人這樣講時，也不是不曾引起我心底的共鳴。所以這次，我想試著喚醒記憶，回想過去自己做過多麼奢侈的事。

說到人生至今吃過最貴的一餐，莫過於參加某位有錢紳士主辦的中華料理餐會。那天晚上，包括主辦人在內，共有七個人圍繞一張圓桌聚餐。因為是滿久以前的事，無法記得所有菜色，只能說陸續端上桌的都是豪華到了極點的食物。聽說是身為老饕的主辦人特別訂的菜色，有整頭烤乳豬、兩種不同種類的精燉上等鮑魚、黃金鰻魚湯、口感如同絹絲的魚翅、燕窩甜點……每一道菜端上桌，店員會詳細說明食材來自哪裡，使用何種烹飪方式。每次都引來眾人歡呼與嘆息，接著便是所有人立刻動起筷子。

「哎呀，我還是第一次吃到這麼豪華的中菜。」

摸著肚子異口同聲發出讚嘆時，主辦人悄悄從桌子下方遞信用卡給店員。不久，店員拿回放在托盤上的黑卡與收據。主辦的那位紳士正在簽名，我坐在他隔壁，明知這麼做很失禮，內心還是好奇。於是故作不經意地瞄了一眼收據明細。瞬間，「3」與「5」兩個數字映入眼簾，後面跟著一串「0」。我快速心算，喔喔喔喔，內心發出驚呼。這樣啊、這樣啊，不愧是知名中餐廳，一個人要價五萬哪！這可真讓主辦人破費了。說起來，會有這次的聚餐，起因是我們幾個人不久前在紳士企劃的活動上出了力，他便以「慰勞」之名請大家吃飯。不過，就算是這樣，讓人家請吃這麼昂貴的一頓飯也不太好意思。

「感謝招待。」

「哎呀，真的很好吃！」

走出店外，受邀聚餐的眾人圍繞主辦人，低頭向他致謝後，身影紛紛走進夜晚熱鬧的街道中。最後剩下我、我的女性友人及主辦的紳士。我再次對他深深低下頭：

「真的非常感謝您的招待。老實說，我不小心瞥見帳單了，沒想到這頓飯讓您如此破費！」

「這、這麼貴喔？」

我的女性友人睜圓了雙眼。

「是啊。所以，就當是回禮，至少讓我請您喝杯咖啡醒醒酒吧？」

「那就喝妳這一杯囉？」

於是，我們三人走向附近飯店附設的咖啡廳。

「所以到底是吃了多少？」

一邊啜飲咖啡，女性友人戳了戳我的手肘，露出好奇的眼神。

「這個嘛……一個人大概這樣。」

我攤開掌心，對她比了個五。

「欸！一人吃了五萬？」

「噓！別這麼大聲。我看到總共是三十五萬，算起來就是這樣吧？」

朝紳士望去，徵求他的同意。只見他輕輕一笑，低聲說：

「妳把位數看錯了喔。」

「咦咦咦咦咦？」

我們兩個女人發出的驚呼，響徹整間咖啡廳。

這應該是我記憶中吃過最貴的一頓飯。話雖如此，付錢的不是我，從我錢包裡掏出的只有咖啡錢而已。因此，稱不上散財，也無可抱怨。問題是，吃了昂貴得教人瞠目結舌的中華料理全席還說這種話或許不太應該，可是若問我那頓晚餐是否美味，實在無法老實點頭。不管怎麼說，每一道菜都確實山珍海

味，真的很高級，應該說太高級了。打個比方，那就像是我那狹小的家裡一口氣擠進一百位環球小姐等級的美女。心情彷彿在一天之內買下香奈兒的套裝、愛馬仕的手提包、普拉達的靴子和卡地亞的手錶。或許有些人奢侈購物不會感到不適，但我會。

總之，那頓晚餐對我的身體和胃囊來說都太沉重。至少希望烤乳豬和燉鮑魚中間能來盤炒青菜或醋漬小黃瓜等清淡口味的食物。吃那碗美得像金絲線的魚翅羹時，也希望有白飯可以配。要是白飯旁還能附上醃小菜更好。對大手筆請客的紳士雖然感到抱歉，這一餐我真是高攀不起。事實上，當天晚上，躺在床上的我身體非常不舒服。同時腦中閃過那串數字。太可惜了，現在還不是嘔吐出來的時候。我硬是緊閉雙唇，拚命忍耐不讓料理逆流。

前幾天，在某個派對上認識了一位紳士，他邀我「下次一起去吃壽司」。壽司啊……這也是要特別注意的食物。雖然我想吃美味的壽司，萬一又被帶去超昂貴的壽司店怎麼辦。既怕得自己付錢，讓別人請客也傷腦筋。只好做出

「好啊，如果有機會的話」之類模稜兩可的回答。沒想到，那位紳士卻說「其實……」。

「其實我到幾年前都還不敢吃壽司。」

完全看不出來。他身穿上等西裝，擁有豐富的葡萄酒知識，從體型到長相都看得出是一位美食家。聽人說，他家連續四代都是實業家。財力如此雄厚的人卻吃不了壽司，怎麼想都很稀奇。

「小時候，我一口氣吃掉二十公分長的鮪魚腹肉，結果難受得不得了。從此之後，我就不敢吃生魚了。」

不料，隨著年齡增長，以他的立場愈來愈說不出自己「不吃壽司」。工作上交遊廣闊的他，就算勉強能說「不能喝酒」，「不吃壽司」似乎說不過去。朋友擔心這狀況，就為他想了個計策。

「幫這傢伙改造成能吃壽司的身體吧。」

就這樣，他展開了一段鍛鍊的日子。照理說，「腦子討厭」的東西身體就無法接受。即使不是過敏體質，吃了討厭的東西，身體就有哪邊會出問題。可是，聽說就算是討厭的食物，只要夠高級，身體拒絕的程度也會減輕。於是，他的朋友紛紛說著「這裡的鯽魚堪稱絕品」、「這間店的鮪腹肉品質非常好」，帶他到自豪的壽司店用餐，想找出他能吃哪間店的哪種壽司。

「拜他們之賜，現在我除了鯖魚棒壽司之外，已成功克服所有魚類。只不過，不夠高級的東西身體還是無法接受。」

我為之一驚，也想起了另一件事。

我有個不知為何（到底為何）綽號叫芭芭拉的男性友人。他不太能喝酒，喝半杯左右就不舒服。和朋友一起開葡萄酒時，他也會說「我淺嘗兩口就好」，把手蓋在杯緣上表示拒絕。長久以來，我都理解為他酒量不好，直到有天奇蹟發生。

「這款葡萄酒再多我應該都喝得下！」

那天，芭芭拉的酒量異於平日，不管喝下多少，身體都未出現不適。他自己好像也很驚訝，為什麼不會酒醉噁心呢。很快地，我們就知道原因了。原來，那款葡萄酒是世界屈指可數的高級品。後來我們拿稍微便宜一點的酒要他喝，他又用手蓋住玻璃杯說「夠了」。從此之後，他就多了個「奢華芭芭拉」的外號。

就是這麼回事。因為原本能接受的範圍就窄，所以只能吃精挑細選過的東西。要是換成我這種愛吃鬼，肚子一餓起來什麼東西都好吃。就算吃到覺得「難吃死了！」的東西，身體也不會出現排斥反應。反倒是吃到太高級的食物，過一會兒就不舒服了。這到底是什麼小氣體質。

有一次，我訂到一間大受好評，最快只能預約到好幾個月後的肉類料理店。我訂了兩個位子，打算拿自己的幸運來為朋友慶生。

「我請妳吃飯慶生，要不要去？」

坐在吧檯邊的位子，環顧四周，店內高朋滿座。其他人一定也期待這天期待了好幾個月吧？我油然產生一股「放眼皆同志」的心情。餐點終於上桌，我

們不住笑著動口又動手。沙拉、魚貝類前菜、菲力牛排、蒜香飯……每一道都是絕品美味，吃得心滿意足。不經意看見隔壁客人正和大廚商量什麼，大廚拿出行事曆查看，似乎在確認下次預約的日子。好，我也鼓起勇氣，趁大廚收起行事曆前開口：「請問……我也可以預約嗎？您什麼時候還有空檔？」

「我看看喔，五個月後的……」

「就這天，預約兩位。」

先不管要帶誰來，總之預約了兩個位子。決定好下次來訪的日子，在滿足感中吃完甜點，裝作要去上廁所的樣子起身，悄悄對店員說：

「請幫我結帳。」

店員默默遞上寫有請款金額的帳單，我才瞄到數字就大驚失色。

「十二萬？」

太大意了。沒想到這裡竟然這麼貴，我可沒打算送朋友這麼貴重的生日禮物啊。可是，事到如今也無路可退，總不能現在才跟朋友說「我們各付各的吧」。我放鬆抽搐的臉頰，從錢包裡掏出信用卡。沒辦法，畢竟真的很好吃。就當偶爾投資自己吧，我這麼自我安慰。接下來，暫時得粗茶淡飯一段時間了。豆芽菜炒香腸、醃漬白菜、豆腐和芋頭。接過收據，腦中浮現的盡是這些便宜的食物。唯有一點後悔莫及，為什麼我要在結帳前預約下一次來的時間呢。真是太疏忽了。

隔天，碰巧去了附近醫院做血液檢查。檢查報告出爐後：

「阿川小姐，妳昨天吃了什麼？出現非常危險的數值耶！」

我的血中膽固醇明顯超標，平常大約兩百多毫克的數字，這天上升到將近兩千毫克。

看來，身體對奢侈的大餐起了過敏反應。對了，想知道我預約再訪那間餐廳的日子怎麼樣了嗎？運氣很好，那天快到時，我忽然身體不舒服（沒騙人，我得了流感），就把預約的位子讓給有錢朋友，順利逃過一劫。

韓國，夏之陣

四個女人去了趟韓國。打從兩年前造訪首爾，我就完全迷上白湯口味的韓國料理，心想這次一定要再好好品嚐一番！燒肉當然也很好，但那白色混濁的湯更是非喝不可。懷著這份堅定的心意，出發前，仔細鑽研了精通韓國文化的朋友提供的資訊，也翻遍雜誌上的韓國特集。即使只是兩夜兩天半的行程，這趟總共只吃五餐的旅行仍徹底享受了韓國美食。

我視為目標的「白湯系料理」，基本上分成先農湯（牛骨湯）與蔘雞湯（用整隻雞下去熬煮的雞湯）兩種。先農湯和上次一樣，去的是專賣先農湯的

「白松」。睽違兩年再次造訪，那裡照舊不見觀光客身影，牆上貼出的菜單也只有韓文字。不過，總覺得店內裝潢變得明亮，大概是壁紙換過了吧。雖然英語和日語在此幾乎不通，女店員質樸的笑容依然不變。點了最便宜的湯，只要一萬八韓圜（約等於八百日圓）。裝在土鍋裡的混濁白湯、白飯和泡菜一眨眼端上桌。混濁的白湯裡有牛內臟、牛骨、生薑與少許麵條，並附上一些切好的蔥末。撒上滿滿蔥末，輪流將白飯與泡菜送進口中，一次又一次發出讚嘆的嘶吼。回頭一看，坐我們後面那張桌子的大叔正把白飯全部倒進土鍋。

「喔喔，原來如此，還有這種吃法啊。」

我們也趕緊把剩下的白飯丟進湯裡，品嚐美味的牛骨粥。

雖然湯頭呈混濁白色，先農湯的口味其實偏清淡。相較之下，在初次造訪的「皇后蔘雞湯」店內吃到的蔘雞湯，滋味更加濃厚。擔任我們本次旅遊嚮導的申先生說，其實韓國人並不那麼常吃蔘雞湯。因為蔘雞湯有滋補養生的效果，按照慣例，會固定在夏季某天食用。換句話說，韓國人吃蔘雞湯，相當於

日本人在「土用之日」吃鰻魚。用雞湯補充體力，藉以熬過暑氣逼人的夏天，算是前人的生活智慧。

這間店的蔘雞湯確實非常美味，不過，更令人感動的是一道名為「醋雞湯」的冷湯。「來這間店，也建議各位吃吃這道菜。」受這句話吸引，我們就點了一碗，端上桌的湯乍看之下藝術感十足。平坦的中型碟子中央，由切成細絲的蒸雞肉、小黃瓜、梨子及生薑組合成圓柱，周圍是護城河般帶淺黃的白色湯頭。拿湯匙舀一口這湯，滋味令人大驚。湯裡混著碎冰，口感就像剉冰。至於味道，融合了黃芥末的辣味與醋味，同時保留雞湯的濃醇，一送入口裡就帶來一股清涼。

「請把這麵加進去，和配料充分攪拌在一起後吃。」

細麵用另一個容器放在湯旁邊。看來，是要用麵沾湯來吃。或許可以說是「韓國風沾麵型中華涼麵」吧。不對，那樣太奇怪了。應該叫「沾麵型韓國涼麵」才對。我去過韓國好多次，卻是第一次遇到涼麵。說到韓國的麵，原本只知道冷麵和石鍋拌麵，這回，再次體認了韓國的麵食文化有多深奧。

夏天才能吃到的韓國食物還有一樣，那就是夏季泡菜的代表——蘿蔔葉泡菜。蘿蔔葉其實是還沒長大的白蘿蔔，醃好的泡菜看上去就像蘿蔔葉做成的泡菜。吃起來甘脆清爽，沒想到餘韻無窮。

「嗯，這個吃到筷子停不下來呢，好想帶回家。」

聽我這麼一說。

「可以帶喔，樂天百貨的地下美食街有賣真空包裝的泡菜。」申先生說。

每次出國旅行，我一定會去當地市場走走看看。所以，這次也打算無論如何都要去一趟南大門市場。可惜的是，來了才知道市場週末歇業。

「雖然價格比南大門市場的貴，樂天百貨地下美食街也買得到跟市場上一樣的商品。」

聽從申先生的大力推薦，在韓國最後一天下午，我們去了樂天百貨地下美食街。到了那裡，我簡直跌破眼鏡，原本只想買些泡菜和醃蘿蔔葉當伴手禮的我，一看到那裡賣的家常菜、蔬菜和各種泡菜、醃漬海鮮，頓時滿心雀躍，手舞足蹈。

「阿川小姐，我們現在不是來買今晚吃的菜喔。等一下就要上飛機了。」

要不是朋友拉住我，真不知道會買下多少東西。在難以按捺的衝動下，試吃了這趟旅程中沒能吃到的韓式炒冬粉及摻了辣椒韭菜的海苔醬，然後兩樣都買了。海苔醬也就罷了，帶點湯汁的韓式炒冬粉恐怕過不了海關的行李檢查。

「好，吃吧！」

前往機場的車內，四個女人直接用手吃起塑膠盒裡的韓式炒冬粉，依依不捨地嚷嚷「哎呀，好想再吃更多東西喔」，這才踏上歸途。

復活的塔查吉基

聽說最近希臘優格頗受矚目。味道比市售普通優格濃郁，「吃起來就像奶油起司」。這麼說著，電視上的播報員睜大眼睛，吃得津津有味。

電視效果真的很強大，能讓觀眾立刻產生那個欲望，瞬間想吃。

「好，今天工作結束後，去超市找找看吧！」

我這人動不動就受影響，也是「立刻產生那個欲望」的原因之一啦。

這幾年，希臘經濟狀況很差，老被旁邊的歐洲各國冷眼看待。

「還不是因為你做了蠢事，拖累我們也不好過。」

「對嘛對嘛，看你這下怎麼給個交待！」

希臘就像班上的問題學生。犯下大錯，不但被導師責罵，在教師會議和家長會中都被視為燙手山芋，還連累班上同學往後幾年零用錢跟著縮水，學校下令大家都不准再浪費。

「追究起來，還不是因為你做事太隨便了！」

「對嘛對嘛，都是你的錯！」

遭到原以為是朋友的夥伴責怪，落得被大家討厭的悽慘下場。

或許希臘必須為此負責。但是，我曾經很喜歡希臘。不、現在也還非常喜歡。所以，看到希臘被大家霸凌的樣子，實在無法不心生同情。

我去過希臘兩次。第一次和爸媽一起去，第二次是配合雜誌採訪，除了首都雅典，更去了一趟地中海諸島。希臘沒有一處不美，民風純樸，東西還很好吃。藍得像加了入浴劑的海、一望無際的柏樹林，還有眼前忽然出現的成群白色民宅、許多老奶奶一身黑衣、笑得整張臉滿是皺紋，老爺爺則各個都有深邃輪廓與氣質，臉上掛著沉思，彷彿人人都能成為知名演員似的。

在這樣的希臘小島上，某間路旁餐廳吃到的魚類料理，那令人感動的美味至今難以忘懷。那是我二度造訪希臘，也就是接受雜誌採訪那次。餐廳後方有個露台，露台外就是大海。我陶醉在太陽下的粼粼波光與沙沙潮聲中。

「那麼，吃什麼好呢？」

不經意望見身旁魚缸，宛如剛從海中捕獲的新鮮海魚悠游其中。

「請選您想吃的，當場為您現烤。」

像漁夫一般膚色黝黑的紅臉老闆比手畫腳這麼說。喔喔，原來如此，這間店採用的是這種方式啊。我和同伴各自選了想吃的魚，稍作等待後，放在白色大盤子裡，足足有三十公分長的氣派烤魚便端上桌了。我分辨不出魚種，大概是鯛魚的親戚吧。

烤好的魚身上，放有百里香、蝦夷蔥與迷迭香之類的新鮮香草及蒜片。這個烤魚已經調味了嗎？手拿刀叉正如此思索，剛才那位紅臉老闆捧著一堆調味

料悠哉地走過來。

「來，這些拿去用。有橄欖油、鹽和檸檬，隨自己喜好調味吧。」

他隨性地放下看似用了很久的玻璃瓶與裝了切片檸檬的盤子。

「原來是這樣啊。」

照他所說，淋上橄欖油、擠一點檸檬汁再撒點鹽。適度調味後，叉起一口魚肉送入口中。

「哇喔！口感好Q彈，好吃！」

要是這裡有醬油，吃起來就是日式烤魚了。雖然這種吃法想像起來也很有魅力，用橄欖油、檸檬與鹽為新鮮烤魚調味，配上香草和大蒜的淡淡香氣，那一瞬間，我第一次體會什麼是「希臘的味道」。

忘了在哪個城鎮，我點了小黃瓜沙拉。那道名為「塔查吉基」的沙拉似乎是希臘名菜。拿來沾麵包吃，或當啤酒的下酒菜也很搭。

「嗯！回日本後學著做做看好了。」

後來，我不知道在日本復刻了幾次這回憶中的好滋味。用來拌小黃瓜的是一種白醬，我猜大概是酸奶油。調味就用胡椒鹽，再削幾片蒜片加進去。嗯嗯，差不多是這口味。

過了十幾年，這次從電視上看到介紹希臘優格的特集，我才恍然大悟。「對了，原來那個不是酸奶油，是希臘優格啦……」

或許發現得太晚了，不過也罷，反正我這人就是不求甚解，請見諒。

於是這次，我終於拿希臘優格做出長年嚮往的塔查吉基，並且幾乎重現原味。削幾片蒜片，擠些檸檬汁，用胡椒鹽的風味襯托裹滿濃郁希臘優格的清脆小黃瓜……沙沙海潮聲瞬間浮現耳際，想起炙熱的太陽與耀眼的白色房屋。

喔喔，希臘呀、希臘。就算國力衰退了，願這美味永遠不滅！

浩二君的魅力

「妳知道SHIO KOJI嗎？」

我的主婦朋友里惠媽媽從廚房裡探頭出來問。那天晚上，我去里惠媽媽家吃飯。

「SHIO KOJI？」

我想了一下。

「那誰？歌手？還是演員？」

里惠媽媽一臉難以置信地從廚房衝出來。

「討厭啦，才不是在講什麼人呢，是這個。」

只見她手中高舉一玻璃瓶，朝我眼前遞上來。仔細一看，瓶中裝著混有白色顆粒的濃稠液體。

「是用麴和鹽混合起來的調味料，最近我很迷這個。」[1]

聽里惠媽媽說，煎肉前可以先在肉上塗一點鹽麴，用鹽麴拌水煮蔬菜，或是加在沙拉醬裡也不錯。

「總之，不管用來煮什麼，味道都會變好。煮飯時加一點進去也很好吃喔。」

是喔，這樣啊，我都不知道……

「不然，分妳一點吧。」

里惠媽媽給了我她自己做的鹽麴。

1. 譯注：「鹽麴」日語發音近似SHIOKOJI。

鹽麴（SHIOKOJI）……光是唸這幾個字，總覺得就是一個姓鹽的浩二先生。鹽浩二……不、還是叫汐浩二好聽點。[2]聽起來，豈不很像是帶點冷淡表情的昔年明星嗎。

說件毫不相干的事，前幾天，不才小的我出了新書。書名叫《聆聽力》，命名者是我本人。和責任編輯商量後，決定「還是簡單的書名最好」，就從超過二十個書名中選了這個。問題是後來，每當責任編輯或祕書亞彌彌對我說：

「關於那個聆聽力啊……」

「林……？哪個姓林的？」

「不是啦！是您的著作《聆聽力》！」

每次我都會挨亞彌彌罵。明明是自己取的名字，我卻老是聽成人名。

話題扯遠了。回到里惠媽媽給了我汐浩二的隔天。

「佐和子姊一定聽說過鹽麴吧？我自己做了鹽麴，妳要不要？」

經常把大分老家父親大人種的大量蔬菜分給我的朋友小佳穗，傳了這樣的訊息來。我立刻回信。

「啊、其實昨天碰巧有朋友送我了。所以，我昨天才知道什麼是鹽麴。」

儘管已經不再誤以為人名，連續兩天都聽到鹽麴的話題，還是讓我頗為吃驚。看來，這調味料最近很受歡迎哪！小佳穗很快來到我家，笑著說：「不會吧，真的嗎？」

「早在兩年前左右，雜誌就做了好幾次特集介紹鹽麴了喔。我還是在讀雜誌上佐和子姊的連載散文時順便得知的呢。」

我完全沒看到。這樣啊，偶爾才下廚的阿川我，與專業家庭主婦的差別就在這。她們總是能敏銳發現新出的料理或調味料。

「不不不，現在誰沒聽說過鹽麴啊。」

「是喔，那還真抱歉。」

2. 譯注：日本人名「浩二」的讀音為KOJI，「汐」發音同「鹽」，都讀為SHIO。

就這樣，從小佳穗那裡拿到的，也是裝在玻璃瓶裡有白色顆粒的濃稠液體。因為是發酵食品，今天先用室溫保存，明天再冰進冰箱冷藏。這麼千叮嚀萬交待後，小佳穗才回家。

好吧，現在我有兩瓶汐浩二君了。感覺自己很富有。趕快拿來煮個什麼試試看吧。

這麼說來，冷凍庫裡有牛排肉。速速解凍，撒些鹽巴、胡椒後，再塗上薄薄一層汐浩二君。啊、糟了，汐浩二君裡已經有一半的「鹽」，應該不用再撒鹽。不過後悔也來不及，只能算了。放著等它入味，等會兒用平底鍋煎。

「如何？」

請來祕書亞彌彌試吃。

「嗯，好吃。」

「跟普通牛排有什麼不一樣嗎？」

「唔……肉質很軟，很好吃。」

我也切了一塊來吃。肉質確實很軟，可是，到底是拜汐浩二君之賜，還是牛排本身的資質，實在無從判斷。

隔天，我煮了白飯。先在米裡加入一大匙汐浩二君才按下炊飯鍵。

「如何？」飯一炊好，就請祕書亞彌彌來試吃。

「唔……帶點鹹味？」

我也吃了點。

「原來如此，是醇厚的鹹味，很好吃呢。」

不過，老實說，我還是不懂。真不甘心。眼看全世界主婦都點頭稱讚「好吃」，為何只有我不懂浩二的魅力在哪？

一不做二不休，這次我切了新鮮番茄，先沾滿浩二君，再擠點檸檬汁。

「如何？」

我問亞彌彌。

「啊、有點太鹹。」

好像失手加了太多浩二君。品嚐殘留口中的番茄浩二餘味，我發現了！

「妳不覺得，這很像吃番茄沙拉配馬格利酒後，殘留嘴裡的餘味嗎？」

哎，浩二君，我想了解更多關於你的事。

海山的威嚴

活到這把年紀，我竟然沒煮過「年菜」。

若是早點嫁人，或許有機會請婆婆教。也可能做個奮發圖強的年輕妻子，燃起學做年菜的積極意志。不過，命運沒有這麼安排，我也沒辦法。話雖如此，難道娘家媽媽沒有教過嗎？這麼一說，還真的一點印象都沒有。

追根究底，我從來沒看過母親在年菜盒裡裝年菜的樣子。[3] 總覺得她可能

3. 譯注：日本的年菜裝在稱為「重箱」的可堆疊年菜盒中。

會反駁「妳在亂說什麼，我也有做過正式年菜好嗎！只是妳不記得而已」。不過事到如今，即使想確認，母親的記憶也已不可靠，無從確認起了。母親的健忘症日漸嚴重，最傷腦筋的就是無法向她請教過去那些家常菜怎麼做。

「媽，以前妳不是常做乾式咖喱嗎？」

就算我這麼誘導——

「咦？有嗎？我忘了。」

她也只會如此撇清。現在，母親的大腦已經不再朝喚醒記憶或懷念往昔等傷感方向運作了。不管問她什麼，總是無情丟下一句「我忘了」，彷彿先忘的人先贏。

父親晚年住進老人醫院時，我帶母親去探病，父親一看到她就說：

「喂，我想吃妳做的散壽司。」

面對父親的懇求，母親的反應是：

「啥？」

母親耳朵不好，這麼反問也是常有的事。

「我說，想吃妳做的散壽司啦。」

父親稍微抬高音量，重複一樣的話。

「啥？」

母親依然沒聽見。

「我、說！想吃妳做的！散壽司！聽不見嗎？散壽司、做散壽司給我吃！」

父親大喊，已經是連隔壁病房都聽得見的音量。

「喔，你說散壽司啊。」

母親終於聽明白了。守在一旁的我提心吊膽，生怕父親不高興。聽到母親這句話，我才鬆一口氣，父親也不再繃著臉：

「對啦，我想吃散壽司。」

父親又重複一次，像是想向母親確認。接著，母親一臉雲淡風輕，再理所當然不過地說：

「想吃那個的話，（附近的）東急就有賣囉。」

多麼漂亮的反擊。連性情急躁的父親都沒力氣生氣了，傻楞楞地望著母親。我偷偷抿唇微笑。多年來致力平息父親暴躁脾氣的柔順母親，第一次表達了抵抗。父親希望落空，母親到最後都沒做散壽司給住院的他。仔細想想，那時母親已經喪失對烹飪的意願與義務心了。

說回年菜，我總覺得父親未曾要求母親做正式的盒裝年菜。上了年紀後姑且不說，年輕時的父親傾向推崇簡約、簡潔且符合邏輯的事物。在孩子面前經常宣稱「我們家沒有宗教信仰」，對日本自古以來的種種節慶活動也視若無睹。我們家裡不設佛壇，完全不過中元節。託他的福，我直到長大成人都不知道中元節要用茄子與小黃瓜做擺飾品，也毫無「頭不能朝北方睡」等禁忌常識，為祖先掃墓的次數更是寥寥可數。拜此之賜，父親過世至今，我幾乎沒去掃過墓，但這都是父親自己造成的喔。

話雖如此，過年畢竟是過年，還是會有想吃的東西。就算不必做那些象徵長壽健康、多子多孫的年菜，父親仍要求母親做他想吃的東西。就我記憶而言，除夕那天晚上，母親在廚房裡做的第一道菜會是醃漬鯡魚卵巢。先用一個晚上去除鹽分，切成適當大小後，以醬油與酒醃漬。要吃之前加入鰹魚乾攪拌均勻即可。

然後是紅燒菜。為什麼我會記得這道菜呢？因為忘了幾歲起，負責準備這道菜食材之一「韁繩蒟蒻」的人就是我。做韁繩蒟蒻有一種快感，先在切成長方形的蒟蒻中間劃一刀，做出切口。再拿起其中一端反折，穿過這個切口後一翻轉，蒟蒻就奇妙地變成了韁繩狀。

簡直像變魔術。翻轉一圈後，蒟蒻就穩穩當當地呈現朝左右兩側扭轉的韁繩狀，彷彿天生該是這種形狀似的，一點也沒有恢復原本長方形的意思，光明磊落地仰躺在砧板上（雖然我不知道哪邊是正面）。這前後的變化非常有趣，讓我忍不住想多翻轉一次。於是，我盡可能拉長中央那道切口，試著翻轉蒟蒻兩次甚至三次。第三次比較勉強，總得小心翼翼翻轉，結果通常如預期的，蒟

蒻從切口處應聲裂成兩片。

「不要在那裡玩，快點弄好給我。」

母親單手拿著中華炒鍋，正在用麻油炒蔬菜。一旁的我將做好的蒟蒻放進簍子，一條一條檢查。心想，凡事只要得意忘形就會失敗。除了蒟蒻，母親對其他食材就沒這麼講究了。多半用的是紅蘿蔔、蓮藕、乾香菇、小芋頭、牛蒡和雞肉，全部切成相同大小的不規則塊狀。整鍋紅燒菜裡，只有蒟蒻看起來特別時髦。

煮完紅燒菜，我得和母親一起將過年用的餐具擺出來。這些一年只用一次的餐具，平常都收在使用頻率極低的櫃子裡。

「放飾餅的托盤收在哪裡？」

「那邊那個櫃子右邊最裡面。」

「找到了找到了。還有，裝年糕湯的碗呢？」

「這邊的餐具櫃下層右側。只有爸爸的碗特別大，先拿出來。」

那時的母親還像電腦一樣準確掌握東西收納的位置。明明一年才用一次，什麼東西放在哪裡，她全都記得一清二楚。現在準備年菜時，已經無法和母親這麼對話，不免有些落寞。

過年吃的料理中，最不可或缺的莫過年糕湯。我家的慣例是，元旦當天吃放圓形年糕的白味噌年糕湯，第二天則吃放方形年糕的清湯年糕。父親是土生土長的廣島人，奶奶則是道地大阪人。放圓形年糕的白味噌年糕湯屬於關西口味，吃的或許是懷念母親的滋味。只是嫌連續兩天都吃白味噌湯口味太重，第二天就想吃清淡點的關東口味清湯年糕。說來也真貪心。

放在白味噌年糕湯裡的圓形年糕不用先烤過。另起一鍋滾水煮年糕，煮到綿軟才移入白味噌湯鍋。除了年糕之外，還會加紅蘿蔔、白蘿蔔和小芋頭，頂多起鍋前再撒點三葉菜，磨點柚子皮。小孩通常對這道年糕湯有點不滿，除了白味噌口味濃厚又甜得嚇人外，裡面放的不是年糕就是蔬菜，讓人很想吃肉。隨著這種對肉的渴望高漲，現在我自己煮白味噌年糕湯時一定會放雞肉。儘管

不是很確定，印象中母親偶爾也會放雞肉。我買的是切成細條狀的帶皮雞肉，先用一個鍋子以醬油、砂糖和料理酒煮起來備用。和另外燙過的蔬菜一起加入湯頭濃郁的白味噌湯鍋。煮久了，雞皮的油脂會浮上表面。每次看到那晶瑩剔透的油脂，我腦中就響起父親的怒吼。

「不是說別放雞肉嗎！」

肯定還會順便補上這麼一句：

「味道太淡！口味要再重一點！」

我自己煮的白味噌年糕湯，不像父親喜歡的放那麼多白味噌，口味比較清爽，所以一定會被罵。

父母與孩子（儘管四個孩子都到齊的時候不多）一起過的新年元旦，往往從樓下父親的怒吼聲開始。

「睡夠了沒，大過年的，快給我起床！」

前一天晚上熬了夜，其實很睏，不過還是得起床。要是不快換上相對正式的服裝下樓進飯廳，肯定又要被罵。帶著空白的腦袋打開客廳門。瞬間迸入耳朵的是樂曲〈高砂〉。

「恭賀新喜。」

穿著和服的父親坐在電視機前的藤椅上，眼睛盯著能樂節目。

「好，恭喜，快去幫妳媽。」

「是——」

走向廚房，母親穿著比平時高級的和服，外面罩上全新雪白的長袖圍裙，已經勤奮地在那裡工作了。這就是我家元旦的光景。

某年正月，幫忙母親的我正忙碌來回於餐桌與廚房間，父親不知何時走到我身邊。

「剩下的給妳寫。我寫字不好看，不想寫。」

父親手上拿著毛筆。按照慣例，正月時得在筷袋正面分別寫上全家的名字。父親已經在取菜用的公筷袋上寫了「海山」，也在自己的筷袋上寫好他的

名字「弘之」。

「咦？可是我也不擅長寫書法啊。」

「總比我好吧，快寫。」

就這樣，我誠惶誠恐地把母親、哥哥及自己的名字寫在筷袋上，這時弟弟醒來說「啊、我想自己寫」，便把毛筆讓給他。

「那就再正式說一次，大家恭賀新喜。」

全家人圍繞餐桌，高舉裝有屠蘇酒或梅子昆布茶的杯子，齊聲賀年。除了父親之外，每個人手邊的筷袋上，以怎麼看都不可靠的字跡寫著名字。弟弟的是小孩字跡，倒也頗為可愛。飯桌中央，父親以扭曲字體寫下的「海山」兩字，不經意映入眼簾。

父親海軍時代的朋友曾偷偷對我說：

「妳家爸爸啊，文章明明寫得很好，怎麼字卻寫得那麼醜？不能想想辦法嗎？」

我心想，這種事跟做女兒的我說也沒用啊。但也就是那一刻，我深深明白父親的字醜得會被人家這麼說。

父親寫的「海山」確實不美。然而，透露著一家之主的威嚴。至少，比我寫的字更有新年味。這話不能對父親說，是我悄悄埋藏心底的回憶。等年菜殘骸從餐桌消失，再次擺回平常使用的筷子前，父親寫的「海山」一直威風坐鎮餐桌上。

煤焦油的春天

以前，電車裡貼著海苔便當的廣告照片。哇，看起來好好吃。忘了我是實際這麼說出口，還是露出想吃的表情，當時，有個人這麼告訴我：

「看到這個的瞬間，會覺得『看起來好好吃』的只有日本人，外國人的想法是『竟然吃這種烏七抹黑的東西，難以置信』。看到黑色的食物，外國人都覺得很噁心。」

說這話的是誰，我也不確定了。只是直到今天，每次看到用海苔包住的飯糰、海苔便當或整條海苔捲壽司時，我都會想一下：「外國人是不是覺得很噁心啊……」

事實上，那件事發生在我尚未成人時，早已事隔多年。現在，聽說海苔捲在國際上有一定程度的知名度，外國人也很熟悉包海苔的日式飯糰。再說，仔細想想，外國人也沒有不吃黑色食物啊。人稱世界三大珍羞的魚子醬幾乎全黑，外國人也吃黑橄欖。還有墨魚義大利麵，身為日本人的我第一次見到時，還曾驚嚇地心想「好噁心！」不只外觀看上去噁心，吃了墨魚義大利麵的人嘴巴張開也很噁心。看到菜單上寫著「使用本店自豪的墨魚汁」時，不是不曾心動點來吃。可是，當那盤黑光閃閃的麵一端到眼前，又總會有點怕怕的。

真要說的話，「外國人」三個字未免一竿子打翻一船人，義大利人和美國人的味覺一定不一樣，有覺得墨魚義大利麵好吃的外國人，一定也有覺得那很噁心的外國人。更進一步說，當然也會有很多日本人覺得墨魚義大利麵好吃。要不然，日本的餐廳怎麼會賣這道料理呢？關於墨魚義大利麵的考察暫且打住，那麼黑色的飲料就沒問題了嗎？可口可樂和百事可樂都相當黑吧，咖啡

呢？日本人第一次見到咖啡時，肯定嚇傻了吧。

有一次，女校時代的朋友聚集在當時新婚不久的其中一人家。

「大家要喝什麼？我來泡咖啡吧？」

身為主人的新婚妻子問我們幾個客人，其中一人回答：

「我不敢喝咖啡。」

「咦、是喔？」

「一想到要把那種烏漆墨黑的東西放進肚子裡，就怕得喝不下去。」

我這群朋友心眼都很壞，一聽到這種清純天真的發言，眼睛當場發光，難以按捺整人衝動。很快地，其他幾個夥伴紛紛反應：

「哎呀，是唷？妳說害怕把黑色的東西放進肚子裡是嗎？」

「那巧克力也不能吃囉？」

「還有海苔也不行？黑豆也不可能了吧？」

最後，這家的主人做出最後一擊：

「特地準備的巧克力和海苔捲壽司，只能給除了妳之外的大家吃了。真可惜。」

我當時不在這個霸凌現場，後來才聽大家提起這事，捧腹大笑不止。不過，這樣的我每次看到墨魚義大利麵時，都會想著「把這麼黑的東西放進肚子裡沒問題嗎？」啊、怎麼又回到墨魚義大利麵的話題了。

今天早上，我家老爺經過廚房時發出驚呼，整個人還嚇得微微跳起來。

「怎麼了？」

我問。

「不是啦，看到鍋裡那團黑黑的東西，還以為妳在煮煤焦油呢。這什麼東西啊？」

他戰戰兢兢地聞了聞味道。

「又不臭！」

我不高興地回答，何必這麼害怕。「那是我做的海苔醬。」

「啊——是喔。」

老爺微笑回應，可惜完全看不出食指大動的跡象。倒不如說他一心只想快點逃離這恐怖的東西，目不斜視地從鍋子旁走過去了。沒興趣嗎？

丈夫這種生物呢，聽說每天都活得戰戰兢兢，因為不知道妻子會餵他吃什麼東西。幸運吃到合自己口味的食物，還能稱讚「好吃」，一口接一口。要是不幸吃到不合口味的東西，到底該說什麼才能撐過去？身為妻子的我好像不該這麼說，但這際遇還真教人同情。只能站在不利的立場，好可憐。因為，他要是敢直說「難吃」，我一定會不高興，這是不用開燈也看得清楚的事實。

就這點來說，家父就很乾脆了。既乾脆，又完全沒有顧慮到廚師的心情。至少家人的心情他是完全不在乎的。國中時，我精心為父親燉了一鍋東坡肉，他只吃一口就說：

「嗯，佐和子啊，我們明天去吃點什麼好吃的吧。」

都不知道單純的女兒為此多傷心。話雖如此，父親也不是每次都很滿意母親做的菜。有時，餐桌上明明已經有好多道菜了，他還是說：

「喂，所以今晚我到底該吃什麼配飯才好？」

父親的意思就是「連一樣好吃的菜都沒有」。

相較之下，外子就謙遜多了，不會像父親那樣衝動地表示拒絕。問題是，他是個完全不會說漂亮話的人。這種時候，他會運用智慧這麼說：

「我已經把這輩子吃這道菜的額度都用光了。」

再也不想吃到某樣東西時，他就會這麼說。

「你的意思是不好吃嗎？」

我用略顯低沉的聲音再問一次。

「不是啦，因為已經充分品嚐過這道菜的美味，這輩子不用再吃也沒關係了。」

我嘆口氣原諒他。和父親比起來，至少還感受得出他對做菜的人有所顧慮，我要是不懂感恩會遭天譴。不過，至今另一半對我做的哪些菜說出「已用

光這輩子的額度」呢？這道和那道、那道和這道，還有那道。已經有這麼多道了，這是怎麼回事？而且還不斷增加，多到我都忘了丈夫表示「已用光額度」的菜色有哪些。所以，我不會一一反省，只會持續做下去。

言歸正傳，請容我說明「海苔醬」的由來。事情的開端，再次來自我的小氣習性。

櫥櫃裡堆了許多人家送的海苔。心想又還沒開封過，剝掉膠帶打開蓋子時，我還滿懷期待。沒想到，一取出袋子裡的海苔，怎麼會這樣？聞不到一絲香氣，摸起來也軟趴趴了。

「咦——明明就還沒開過……」

一點也不新的全新品。翻過罐底一看，賞味期限早就過了。

我都稱這種海苔為古董海苔。有沒有什麼方法，能讓古董海苔起死回生呢。煩惱了很久，我那擅長做菜的朋友Y子教了我一個好方法。

「我都會拿來做海苔醬，作法很簡單喔。」

一旁，Y子的朋友說：

「她有分我一瓶，真的很好吃。」

這樣啊，原來還有這招。

我決定立刻回家試試看。把摸起來已經不脆，就算用火烤也無法重拾新鮮的古董海苔集合起來，撕成適當大小丟進鍋子。加入差不多蓋過海苔的水，然後放著等一下。過一會兒，片狀海苔顏色變得更深，呈現黏糊糊的狀態。喔喔！從海中誕生的海苔，原本應該就長這樣吧。要是再把它們攤平日曬，是不是又會變成片狀海苔……應該沒這回事。

先別管那個了。Y子說，只要用小火加熱變成黏糊狀的海苔，再加入真空包柴魚片和醬油熬煮即可。聽說要用小火咕嘟咕嘟熬上兩小時。

可是，老是因性急吃虧的我，當然不會老實按照她說的做。我覺得倒入大量真空包柴魚片太浪費，心想「用高湯粉也可以吧」，就啪啦啪啦撒下去。用剩的「烏龍麵湯頭」也啪啦啪啦倒下去。當然，還是有啪啦啪啦放了一點柴魚片，再來就是嘩啦嘩啦倒入醬油對吧？Y子的海苔醬口味清爽，我覺得再甜一點也可以，就又投入兩、三小匙的砂糖。還試著加了一點料理酒。陸續放入調味料後，拿飯杓仔細攪拌。仔細攪拌又攪拌。不厭其煩地攪拌。攪拌時，我忽然想到一件事。對了，記得做卡士達醬的時候，只要像這樣仔細攪拌，做好的卡士達醬就會散發光澤。說不定海苔醬也攪拌得出光澤？如何？應該有吧？

不過，攪拌個十分鐘我就累了。實在無法站在瓦斯爐前持續做這種事兩小時。話雖如此，放著不管鐵定會燒焦。可是若離開瓦斯爐，我有自信一定會忘記爐上開著火的事。做什麼事都沒有自信的我，唯獨不缺忘記關瓦斯爐的自信，事實上，人生中忘記關瓦斯的經驗也累積了不少。於是，我決定暫時關火，讓鍋子沈澱一個晚上。結果就是引來先生那句「這什麼？還以為妳在煮煤焦油」。

看上去固然很像煤焦油，包準你吃了讚不絕口。這麼想著，我拿起湯匙試嚐味道。嗯……海苔醬大概就這樣吧？我也不是很清楚。而且太黑了。再加點糖，也多加點醬油好了。嘩啦嘩啦。反正，要是口味過重，只要再加海苔就好。櫃子裡多的是古董海苔。

「如何？」這時正好祕書亞彌彌來上班，就請她試吃給意見。亞彌彌戰戰兢兢地嚐了一口。

「啊？很好吃耶。」

「會不會太甜？」

「這種甜度我喜歡。」

反應不錯。好，再煮一下就大功告成了吧。

「怎麼樣，要不要試試味道？」

我勸再次路過的老爺吃。

「嗯，等一下再吃就好。」

啊、是喔？不過我可不會就此挫折。打算過年時，把這大量的海苔醬拿去分送親朋好友。幸好，和古董海苔一樣，家裡多的是裝海苔醬的空玻璃瓶，

全部堆在流理台旁等待派上用場。大家稱這些瓶子為「愚瓶」，說我留這麼多空瓶要幹嘛。多年來，家人總是勸我丟掉一些。現在，這些瓶子即將重見天日了。海苔和愚瓶的春天終於來臨。究竟會不會有朋友稱讚這些看起來像煤焦油的海苔醬「好吃！」呢，這還很難說。

令人雀躍的病人餐

走到哪都會遇到流感病患。在工作場合被告知「〇〇得了流感，由另一位負責窗口代班」，跟人約吃飯卻收到「〇〇得了流感，今天不能來」的缺席通知。每天總有哪個誰在發燒。

照這情況看來，自己遲早也會感染。擔心歸擔心，倒也沒太認真做預防措施。要是得了就得了，到時候再說吧。只是有個問題，隱隱約約的喉嚨痛和這種咳嗽的咳法，到底是流感還是普通感冒，或者只是自己想太多，我一點也分辨不出來。聽說篩檢流感有時機問題，在剛感染的階段，就算做了篩檢也不會

呈現陽性反應。有時得等之後症狀惡化再次檢查，醫生才能確定「沒錯，你得了流感」。不只如此，今年的流感不一定會發燒，判斷變得更加困難。

現在，我家祕書亞彌彌姑娘正不時發出教人心驚膽跳的「咳咳」聲。我一聽見立刻轉頭問：「妳該不會得了流感吧？」她斬釘截鐵回應：「不是，我只是乾咳。」過了一會，輪到我不知為何咳得停不下來，亞彌彌也馬上問：「沒事吧？流感嗎？」

「不是啦，只是哽住喉嚨而已。」

沒過多久，傳來隊友咳嗽的聲音。我和亞彌彌姑娘異口同聲，忐忑不安地問：

「難道……？」

「不是，我被醋嗆到了。」

他正一個人抱著碗公吃拉麵。

這樣的季節裡，人人彼此猜疑。每天都在懷疑別人與解釋自己清白中度過。不過，現在我家頂多互相懷疑一下就算了，要是父親還在，可能會演變成一場騷動。

父親極度厭惡感冒。尤其年過五十五後，他還自信十足地宣稱「我一旦感冒，不花上一個月是治不好的！」因此，只要發現家人有點感冒跡象，立刻瞪著對方問「感冒了？」接著迅速摀住自己嘴巴，含混不清地嫌棄道：

「總之不要靠近我！」

這麼大叫之後，又揮著手說：

「去！去！」

那一臉敵意的模樣，簡直就像在驅趕誤闖庭院的貓（和討厭感冒一樣，父親也很厭惡貓）。沒摀住嘴巴的另一隻手激烈擺動，驅逐得了感冒的可憐的我。

我為他的冷酷感到驚訝。

「也不用擺出那麼痛恨的表情吧？」

只要低聲提出控訴，父親必定如此回答：

「我不是痛恨妳，是痛恨妳身上的感冒。廢話少說，快點走開。」

可悲的我與感冒病菌匆匆離開客廳，踏上冷颼颼的樓梯。之後，被迫將自己監禁在房間，直到完全康復，簡直就是塔上的長髮公主。不過，無論我怎麼哭泣，甚至發了高燒，王子還是沒有出現。出現的只有年幼的弟弟。

「妳還好嗎？我幫妳送稀飯來了喔。」

看到一臉擔憂的弟弟，我不曉得多安心。心情就像被關在獨牢，家人全對我見死不救，只有弟弟一人來探監。不用問也知道，母親一定是被父親阻止了。「不准去佐和子房間，要是妳也傳染感冒，我麻煩就大了。」不得已的母親只好派弟弟為我送稀飯來。

弟弟送來一碗白稀飯，一顆酸梅乾。還有炒得甜甜的炒蛋當配菜。這極度簡單樸實的病人餐滋潤了我的五臟六腑。喔喔，神啊，您終究沒有放棄我。

我小時候，或許因為父親還年輕，對感冒還沒有這麼神經質。可能因為家裡空間小，家裡人發燒時，只能躺在廚房隔壁的和室。媽媽會鋪上墊被，讓生病的孩子睡在那裡。

那時生了什麼病躺在那裡呢？大概是扁桃腺發炎或水痘之類的……總之，小孩只要一發燒就是發高燒，那個年代沒有保冰劑或退熱貼，一定是拿出紅豆色的橡膠冰枕，墊在腦袋底下退燒。橡膠強烈的臭味與一轉頭就喀啦喀啦移動的冰塊聲音及觸感，都讓我湧現一股「啊、自己是病人」的感慨。

姑且不論發燒時的痛苦，每次生病，我都悄悄期待身為病人的特權。除了能得到母親溫柔的照顧（當時才有喔），還可以吃到水果罐頭。為什麼一發燒就可以吃水果罐頭呢？雖然至今原因不明，我擁有許多躺在床上吃罐頭橘子或罐頭桃子的記憶。偶爾還會吃到切片的罐頭鳳梨，總是暗自心想「這個不太好吃」。之所以認為自己不喜歡鳳梨這種水果，或許和生病臥床的經驗有關。高中第一次吃到新鮮鳳梨，不由得訝異於「喔喔，原來鳳梨這麼好吃嗎？」因為我小時候市面上買不到新鮮鳳梨，只知道罐頭鳳梨的味道。

同樣的經驗也能套用在蘆筍上。小時候吃的罐頭蘆筍都是白蘆筍，口感軟

韌，也只知道沾美乃滋吃。不久，市面上出現新鮮綠蘆筍，後來連蔬果行也買得到新鮮白蘆筍時，我大吃一驚。原來新鮮白蘆筍吃起來這麼清脆。

話題回到病人餐。病人的另一項特權，就是可以叫外送烏龍麵。不過，只限清湯烏龍麵。碗裡只有麵條，沒有魚板，沒有雞蛋也沒有豆皮。只有濃郁的湯頭和烏龍麵，如此而已。

就算這樣我還是很開心，烏龍麵吃起來格外好吃。清湯烏龍麵是給病人的獎勵。

現在的烏龍麵店菜單上，不知道還有沒有這種清湯烏龍麵。話說回來，如果只是清湯烏龍麵，在家自己做不是更快又更便宜嗎？為什麼母親總要特地叫烏龍麵店外送一碗到家呢？她又不是拙於烹飪，難道連煮一碗清湯烏龍麵的自信都沒有？想想實在不可思議，雖然我現在才剛發現這件事。

只是，對小孩來說，光是「叫外送」這件事已足夠特別，也是一種享受。生病的時候，只要獲得這等待遇，精神都好了起來。

稍微退燒，開始產生食慾時，母親多半會做牛奶土司給我吃。

因為是我愛吃的東西，會寫得囉唆一點。正如字面所示，牛奶土司就是用牛奶和土司麵包做成的食物。作法是這樣的：先烤土司，同時加熱牛奶。土司烤好後，用深一點的盤子裝（最好是湯盤），塗上大量奶油。其實應該說是把還沒融化的奶油塊放在麵包中央，最後撒上砂糖。接著，將熱好的牛奶一點一點倒進去。原本烤得酥脆的麵包瞬間吸收熱牛奶，像吸飽湯汁的凍豆腐一般膨脹。硬奶油塊不一會兒就融化在牛奶中，變成黃色液體。咦？剛才盤子裡土司四周都是牛奶，怎麼一下就不見了？明明倒了那麼多牛奶進去，竟然全部被土司吸收了，真驚人。繼續倒入的牛奶宛如隱身於土司之家，瞬間消失不見。一片土司到底能吸收多少牛奶啊。這場「牛奶消失魔術秀」光看就很有趣。

之前也寫過這件事，我小時候其實不太喜歡喝牛奶，不像兄弟們那樣把牛奶當水喝。但是，吃牛奶土司時，大量奶油與砂糖融化在熱熱的牛奶裡，喝起來和普通牛奶完全不同，大大撫慰了剛發過高燒、疲憊不堪的胃囊。大病初癒

時吃的牛奶土司，在我記憶中是意義特別的美食。

只可惜長大之後，開始一個人生活……不、比那更早之前，從罹患感冒會被父親驅趕的二十幾歲起，無論是母親做的牛奶土司，還是清湯烏龍麵或罐頭橘子，都不曾出現在我面前。這也是沒辦法的事。尤其是一個人生活之後，就算發再滾燙的高燒，也得自己想辦法補充養分才行。那麼，這種時候我給自己做什麼病人餐呢？

想了一想，是湯。

當然，因為身體不舒服失去食慾也沒力氣時，往往只想蒙頭大睡。唯有水分絕對記得補充，剩下的就是一直睡，睡飽為止。好不容易恢復到能夠摸著胃囊感受「肚子餓」，第一個念頭就是「好，來煮湯吧」。

以前在電視上看洋片西部劇，劇中人扶病人或傷患到床上休息時，台詞多半會這麼說：

「還不能起來喔，傷口很深，暫時在這裡休養吧。來，這是我女兒煮的湯，喝點才有精神。」

我一心認為生病就要喝湯，或許是受到這些場景的影響。話雖如此，病才剛好一點，身體還不到生龍活虎狀態，欠缺出門採購的力氣。只能姑且打開冰箱，拿出已經有些乾癟的蔬菜。洋蔥、蕪菁、白蘿蔔、芹菜、紅蘿蔔、馬鈴薯或香菇。什麼都好，有什麼就用什麼。對了，好像還剩一點培根，拿來熬湯頭吧。蔬菜與培根切成不規則狀，也切一點蒜頭。拿一個深鍋，開火倒入橄欖油。先下蒜頭，接著是培根，切好的蔬菜依序下鍋。以木匙攪拌翻炒到飄出香氣。加水等待煮開。等待時再去冰箱翻翻，喔，也放一點番茄吧，還有生薑。光是培根肉味不夠，把香腸也切碎丟進去好了。一邊追加食材，一邊用鹽巴胡椒調味。試試味道，嗯，還不錯嘛。或許可以用奶油土司沾這個湯吃，不、把冰箱裡的冷凍白飯拿出來微波，做成湯飯如何？心情上，自己已經不是病人，這也快稱不上病人餐了。

在染上流感前先把煮湯的材料準備好吧。既然要煮，不如買付雞架子回來熬湯頭，白腰豆也要先泡軟，這樣就能煮豆子湯了。還得適度買些蔬菜搭配。對了，久違地做個牛奶土司吃也不錯。我怎麼開始期待自己病倒了？

小粥小姐

今年夏天，我參與電視連續劇《蟬王子》演出，飾演公寓房東的角色。這棟公寓不只一個房東，也不知道該說是微妙齡還是高齡，總之是一對絕對不年輕的未婚姊妹。不知道為什麼，劇組找了檀芙美和我來扮演這對姊妹。

為什麼又來了？

製作單位前來洽詢時，我還來不及吃驚就笑了。真虧他們想得到這對組合。過去，我和檀芙美共同出版過一本書，內容是想說什麼就說什麼的書信往來，還曾經引起一點話題。後來有好一段時間，不少希望我倆搭檔的工作找上

門，但這十年來，類似邀約已經不多了。沒想到，至今還有人記得我們吵吵鬧鬧的樣子。我哈哈大笑，回過神時已接下這份工作。

根據劇中的設定，檀芙美飾演個性急躁的姊姊「釘子」，阿川我飾演的妹妹「螺子」則是個慢郎中。其實，我實際年紀比檀芙美大，個性也是我比較急躁，檀小姐屬於那種做任何事都要花時間慢慢來的類型。但是，腳本家岡田惠和先生說「按照妳們真實性格演的話，就沒必要寫劇本啦，所以故意反過來設定」。沒想到，結束拍攝後，我已經認為檀小姐演的「釘子」就是她本人了。儘管她優雅擺動修長的手腳說「我這人的性格就是做什麼都慢慢來」，要我說的話，她的個性比我還像大姐頭，平常我只有聽她指示或被她斥責的份。劇中「螺子」被「釘子」斥責的場景也是壓倒性的多。所以我才覺得，檀小姐真是姊姊「釘子」的最佳人選。

這篇文章刊登時，連續劇應該已經下檔。在此為沒看過這齣戲的讀者簡單介紹故事大綱。一隻蟬結束了六年的地底生活，正準備破土而出時，公寓房客之一的女孩救了牠的命。為了報恩，蟬決定為這位內向害羞，極沒存在感的女孩帶來幸福，化身為人類模樣，出現在她面前。是一部揪心又帶點奇幻的愛情喜劇。

女主角大川由香從小就被父母朋友忽視，認為自己不受任何人需要。最具代表性的插曲就是，她從來沒有綽號。無可奈何的她，只好自己幫自己取了綽號，從姓名「大川由香」縮短為「小粥」，暗自期待別人能這樣暱稱自己。[4]起初，溫柔帥氣的蟬王子最先開始叫由香「小粥」，後來公寓裡從房東到其他房客也跟著這樣叫。此外，大家聚在一起吃早餐時也煮了粥吃。

拍這場戲的時候，我忍不住多嘴：

「日式稀飯固然好吃，我有時也會煮中華粥，很好吃喔。」

4. 譯注：大川由香日語發音為OOKAWA YUKA，若縮短為OKAYU，和粥的日語發音正好相同。

如此炫耀的我真是個笨蛋。從那天起，每個人看到我都滿懷期待地說：

「什麼時候能吃到阿川小姐煮的中華粥啊？」

咦？是麼回事嗎？要煮嗎？我煮嗎？那時拍攝工作正好進行到中段，除了演員，工作人員也開始出現疲態。在拍片現場，大家最期待的就是拍攝空檔的吃飯時間。如果老是吃涼掉的休息室便當或簡陋輕食，難免教人提不起勁。幸好，製作人聽說這次的女主角（木南晴夏小姐）和男主角（山田涼介先生）很愛吃麵包，接連幾天送了好吃的麵包到片場，還在冰箱裡擺了美味的奶油與果醬，連烤麵包機都有，準備得週到齊全。攝影棚休息室裡飄起一股烤麵包的香氣，大家一邊吃一邊點頭稱讚「真好吃」。光是這樣，拍片的緊張與疲勞就能一掃而空。

如此氣氛下，背負大家想吃「中華粥」的期待，我沒道理再推辭不煮了。

「阿川小姐，我也可以幫忙喔。」

喜歡吃的製作人慫恿道。

「大家一定會很高興。」

他笑咪咪地繼續慫恿。

「好！」

我終於下定決心。是說，要煮幾人份？

「這個嘛，大概八十人份吧。」

「咦——？」

回頭想想，我家的中華粥是我國中時，不知道誰教母親做的，從此之後，她經常做這道料理。

使用一杯米與十杯雞湯，加一點鹽調出淡淡鹹味，接下來就是不斷熬煮。吃的時候再隨自己喜好搭配長蔥或生薑等香料，或把撕成小條的中式炸麵包「油條」泡進去吃，也很美味。

當時，只要有客人來家裡吃午餐，父親就會要母親做這道中華粥。

「哎呀，真好吃。這是怎麼做的？」

客人這麼一問，做女兒的我就在一旁插話：

「如果用一杯米，就要兌十倍的雞湯。雞肉最好用帶骨肉，湯頭才會更醇厚。」

我如此大言不慚地指導客人。

在父親指令下，那時我經常被派去橫濱中華街買油條。聽到我說要去元町買東西，父親也會立刻說：

「喂，那順便買點剛炸好的油條回來，因為這東西只有中華街才買得到。」

女兒假日跑去元町玩，做父親的卻不生氣，全都是託油條的福。

多年來，我自己也開始煮中華粥，口味與母親的略有不同。雖然不是故意求變，只是蔥和生薑對我而言稍嫌不足，便再加上韭菜與撕碎的香菜，再把切細的香菇絲加到粥裡。此外，我還會將辣油、豆瓣醬、鹽、醋和ＸＯ醬等醬料排放在桌上。吃的人可配合自己喜好，享受自由調味的樂趣。因此，粥本身得煮得清淡一點，這一點很重要。煮粥的時候，我只會撒一點鹽。

電視台有間專門用來做菜的「消耗品室」，裡面設有瓦斯爐、大型冰箱和流理台等等，廚具應有盡有，規模可比一間小餐廳的廚房。只是，這次要煮八十人份的粥，到底得用多大的鍋子。

「沒問題的，我已經預留兩個大深鍋，煮兩鍋粥絕對夠吃。您只要發號施令，食材由我們來準備，再拜託阿川小姐趁拍攝空檔過來試味道就好。」

在製作人鼓勵下，我也只能卯足了勁。將採購蔬菜及調味料的任務交給工作人員，我只負責準備奠定整鍋湯底口味的雞肉和皮蛋。

「假設用全雞熬湯，煮八十人份的粥需要幾隻雞咧？」

我問肉店老闆，他也只是歪著頭說「不知道耶……」至於我，也只有在聖誕節做烤雞時才會買整隻雞啊。

猶豫的結果，我決定不顧一切買下三隻雞，氣喘吁吁搬進消耗品室。另一方面——

「需要煮幾杯米呢？」

工作人員找我商量這個，討論的結果，以一杯米四人份來計算，十杯就是四十人份，所以要煮二十杯米？

我的心情愈來愈像宿舍阿姨或營養午餐中央廚房的大廚。

就這樣，我和中華粥企劃小組開始分頭行動。我從吃粥派對的前一天就開始在深鍋裡熬煮雞肉，年輕工作人員一個勁兒切韭菜和長蔥，製作人負責洗那二十杯米，另一個製作人打開紙袋說：「看，我買回來了喔。」

「哇，是油條？哪兒買的？」

「跑到橫濱中華街去買的。」

台詞背得差不多後（我也沒多少台詞），每拍完一場戲，我就會往消耗品室飛奔。

「如何？」

「香菇也要切來當香料嗎？還是丟進鍋裡一起煮？」

「一起熬煮比較有味道。」

「現在稀飯已經煮得很軟了，差不多這樣就可以嗎？還是再煮久一點？」

「我看看喔……中華粥最好把米煮成糜狀比較好吃。」

「知道了！」

一邊回答工作人員，一邊開始切碎香菜。平常都用菜刀切，今天想讓大家吃得更開心，決定費工一點用手撕。就在這時。

「螺子小姐，輪到妳了。」

手上帶著濃濃香菜味，趕回攝影棚拍第二場戲。呃……我的台詞是什麼來著？接下來站哪個位置？

那天晚上，我們吃了一頓特別的晚餐。寬敞的休息室搖身一變，成為中華粥派對會場，兩人一組抬進巨大深鍋，熱騰騰的中華粥隆重登場。

「來來來！由阿川小姐監製的中華粥完成了！請拿好自己的餐具排隊，香料隨個人喜好自行取用。」

「感謝招待！」

不不不，煮的人不是我，是大家同心協力完成的喔！

看一眼香料區，除了韭菜、香菜、長蔥和生薑，還有剪成小塊的油條、皮蛋、榨菜和麻油等等，成了色彩繽紛，鮮綠欲滴的香料大拼盤。

自己這麼說也不好意思，不過八十人份的中華粥大受好評。我已經好久沒煮中華粥，再次體會到中華粥的美味。好，回家也做來吃吧。

幾天後，心想買整隻雞太多，就只買了棒棒雞回家，鑽進廚房試做中華粥。老實說，味道教人不敢恭維，湯頭似乎不夠濃郁。

果然中華粥一次還是得做八十人份。

帶來心靈創傷的豬

買了壓力鍋。

長久以來，我一直逃避這種鍋子。即使聽說它很方便，總覺得有點可怕。無法擺脫「會不會爆炸」的恐懼。那麼，這次為何買了呢？

某天，我家老爺說：「在高爾夫球場食堂吃到的糖醋豬肉丼非常好吃。」

「糖醋豬肉丼？有這種東西嗎？」

我再次確認。

「切得厚厚但非常軟嫩的豬肉盛在飯上面，口味甜甜的很好吃。」

切得厚厚但非常軟嫩，口味甜甜的豬肉？

「你是說東坡肉嗎，寫成片假名的？」

「東坡肉？好像不叫這名字。」

「還是寫成漢字的『東坡肉』？」

「嗯……也不是這個。」

討論了一會兒，上網搜尋的結果——

「是焢肉啦！」

終於確定了這件事，隊友還查到用壓力鍋就能輕鬆做出焢肉的資訊。回過神時，壓力鍋已經送到我家了。

我的壓力鍋生活就此展開。

隊友仔細研讀壓力鍋說明書時，我跑去了超市，為的是買一塊三層豬肉。我還另外把一條牛腱肉放進籃子。有了壓力鍋，牛腱肉也能輕易變軟吧。還有白蘿蔔和小芋頭……嘴上說怕，又什麼都想試著煮煮看。

追根究底，焢肉和東坡肉到底有什麼不同？一直以來我都沒搞清楚，只顧著吃。趁這個難得的機會，我決定查個仔細。原來，東坡肉是古時中國一位知名詩人蘇東坡做的豬肉料理，大受好評因而得名，意思就是「東坡先生煮的肉」。同樣的道理，聽說麻婆豆腐也是來自人名——

「麻婆婆煮的豆腐。」

時代是清朝，四川省首都成都郊外，住著一位已婚婦人陳氏。陳氏丈夫已經過世，她靠經營餐館過活。由於無法使用昂貴食材，便買來平價豆腐與羊肉，試著做了一道菜。沒想到這菜非常美味，逐漸聲名遠播，人們開始稱這道菜為「陳家太太做的豆腐料理——麻婆豆腐」。這裡的「婆」不是「老太婆」，而是「太太」的意思。順帶一提，「麻」也不是陳氏的名字，原來指的是「麻子」，因為這位太太臉上長滿了麻子。

麻婆豆腐不能用壓力鍋煮，最適合的鍋子是中華炒菜鍋。您知道吧？我想也是。

言歸正傳，繼續調查焢肉和東坡肉的不同，關鍵似乎在「是否帶皮」。東坡肉用的是帶皮三層肉，先用熱水燙過，再以大量的油下去炸。炸過的三層肉用醬油、紹興酒、雞骨湯以及八角等香料醃過後，花長時間蒸熟。透過「蒸」的步驟消除多餘油脂，表面豬皮只剩下豐富膠原蛋白與適度油脂，底下的豬肉質地軟嫩，入口即化。另一方面，焢肉則不用蒸，而是以燉煮的方式料理，使用的是不帶皮的豬肉。

原來是這樣！我恍然大悟，同時，一段苦澀記憶浮現腦海。

這事以前也寫過，對我來說，東坡肉是一道造成心靈創傷的料理。沒記錯的話，那是我讀中學時的事。忘了什麼原因，母親外出不在家，由我負責為父親煮晚餐。我卯足了勁心想，好！來挑戰東坡肉吧！就這麼翻開食譜。已不確定當時使用的是不是帶皮豬肉了，只記得食譜上沒有教蒸的步驟。總之，我花了好一番工夫準備食材，站在廚房裡超過六小時揮汗烹調，最後將肉盛在盤中，再到書房請父親吃飯。

「晚餐做好了！」

父親迫不急待來到餐桌旁，一邊用平時難得聽見的溫柔語氣說「對喔，今天是佐和子幫我做飯」，一邊探頭窺看餐盤，握起筷子。在我的注視下，父親夾起一塊我做的東坡肉，放入口中嚼了嚼，細細品嚐滋味……正當我這麼想時，父親看著我的臉，笑咪咪地說：

「好，明天我們去吃點好吃的東西吧！」

時至今日，我當然明白他已盡力顧及我的心情，現在也稍微（只是稍微）能夠接受了。至少他沒有毫不掩飾地嫌「難吃！」但又說不出謊話，該說什麼才能圓過這個場面呢？思考的結果，他能脫口而出的就是「明天去吃點好吃的」。問題是，站在女兒我的立場，沒有比這更難堪的事。我可是花了好幾小時和那塊豬肉搏鬥啊！小心翼翼綁上棉繩，先水煮後再丟入油鍋炸，冒著燙傷的危險拿調理筷一次又一次翻面。等到炸成了金黃色，再換一個鍋子，加入醬油、高湯與八角調製的滷汁燉煮，還要不時翻動。一邊照顧爐火，嘴裡一邊唸著「變美味、變美味」，試過味道沒問題後才算完成。也不知道父親能否明白我付出的辛苦，竟然說出那種無情的話。我哭了。我記得當年自己哭了。父親有安慰我嗎？還是嘴硬堅持「沒辦法啊，那豬肉未免太硬了吧」。雖然不確定他是怎麼說的，我煮的東坡肉確實很硬。其實我心底明白這個事實。換句話說，早有預感父親不會稱讚我。但仍暗自期待。

「嗯，煮得還不錯嘛。謝謝妳這麼努力。」

然而，父親口中終究沒有說出我暗自期待的這句話。

那件事之後，我再也沒有挑戰過東坡肉。事隔半世紀，阿川我究竟能不能用壓力鍋煮出入口即化的豬肉呢！讓我們先進廣告。

送宅配的年輕人把壓力鍋送到我家的那天，家裡還收到另一樣東西，那就是竹筍，是隔壁鄰居分我們吃的。我才在想竹筍得趁新鮮煮起來吃，壓力鍋就送來了。

挑戰東坡肉之前，先用竹筍練習好了。說明書後面附有食譜，翻了一下，果然找到「如何煮竹筍」的頁面。

材料：竹筍、洗米水、紅辣椒。事前準備：切掉筍尖，在竹筍上劃幾刀。

上述材料放進壓力鍋後，剩下的只要緊閉鍋蓋，插上洩壓柱，等待大火加熱至沸騰即可。當洩壓柱發出咻咻聲響，開始喀拉喀拉晃動時，轉為小火繼續等待三分鐘。只要三分鐘。最麻煩的步驟反而是準備洗米水。

老實說，一星期後我又收到了竹筍。心想得快點煮起來才行，卻沒時間準備洗米水。心急的我靈機一動，要是不特地準備洗米水，直接放米進去也行吧？順便把一直沒機會用的鹽麴也加進去。

就這樣，我速速將竹筍丟進壓力鍋，倒下差不多蓋過竹筍的水，加入紅辣椒和一大匙鹽麴，撒一把米，開大火。煮沸後轉小火等三分鐘。火一關，我就出門工作了。

回到家，打開鍋蓋一看，哎呀！竹筍變得這麼軟啦。已呈粥狀的米滿滿沈在竹筍下方。原來如此，米煮成粥了。試著用湯匙舀一點品嚐。

「哎喲，好吃耶！」

充分吸收了竹筍香與鹽麴的鹹香，嚐起來滋味繁複深邃，可比京都早粥。隔天早上，重新加熱後盛上一碗，跟酸梅乾及昆布一起端給我家老爺。

我用京都腔說：「請吃早粥。」

儘管他露出難以言喻的表情，至少還是說了「好吃」。就算可能察覺到這是煮竹筍剩下的殘渣，他也絕對不會嘀咕什麼「明天去吃點好吃的東西」。該說這是明事理還是怕老婆呢？

看竹筍煮得這麼成功，我整個人飄飄然，盤算起接下來要用壓力鍋煮什麼好。最後想到了蘋果。紙箱裡還剩下不少快變軟的蘋果，之前說著「這是我親手做的果醬」，做來四處送人賣人情的蘋果奶油醬也消耗得差不多，不如趁此機會把剩下的蘋果一口氣用光。

我就像個果醬工廠的女工，心無旁騖地將蘋果切成四等份，去除果芯，省略削皮步驟，再切成比普通一口大稍大一點的尺寸，陸續丟進壓力鍋。總共切了五顆蘋果，放一點水，緊緊蓋上沈重的鍋蓋。插上洩壓柱後開大火。動作是愈來愈熟練了。等壓力鍋發出咻咻聲，洩壓柱如歌唱般喀拉作響，就把火關掉，靜待鍋內壓力降低。打開鍋蓋後，拌入砂糖、葡萄乾和奶油，再擠上檸檬汁，滴幾滴白蘭地繼續熬煮便大功告成。

如果問我和用一般鍋子熬煮相比，味道有什麼不同，其實我也不太清楚。壓力鍋最大的好處是「能在短時間內完成」。這麼一想，最適合的食物莫過於芋頭類。繼蘋果之後，下一樣挑戰的食材就是芋頭。剛買回來的小芋頭暫且不用，冰箱裡還有去年年底買的小芋頭，眼看已快不能吃了。不管三七二十一，將它們全部用壓力鍋煮到軟爛。連皮一起煮，再趁熱將皮剝掉，放入冰箱冷藏。如此一來，隨時都能拿出來入菜。

小芋頭煮得非常成功。我將煮軟了的小芋頭放入另一個鍋子，用醬油、砂

糖和味醂調味，只要加熱幾分鐘就能端上餐桌。

「這個用的是新鮮小芋頭嗎？」

這真是春天夜晚的美麗誤會。

話說，結果焢肉煮得怎麼樣了呢？當然無可挑剔。生薑與蔥的香氣融入水煮時產生的湯汁，打造豐富有層次的滋味。冰進冰箱不久，上面浮出一層豬油，想用來煮點什麼時也挺方便。至於主角豬肉，先水煮到軟嫩，再跟醬油及砂糖等調味料一起移入另一個鍋子繼續燉煮。和同樣使用壓力鍋，一瞬間就煮軟了的菜頭一起裝盤。

「也太簡單了吧！」

把煮菜頭的時間也算進去，總計烹飪時間不到一小時。至此，我對豬肉的心靈創傷已完全消失。啊、你想吃焢肉是嗎？我馬上來煮，等一下喔。現在大概可以這麼說了。

「嗯，很好吃喔，肉好軟嫩。」

老爺也吃得心滿意足。爸爸，要是你變鬼跑回來，我再做給你吃囉。

不過，這裡有個小小的疑問。這應該是焢肉，和東坡肉不一樣。那麼，帶皮的東坡肉，也能順利用壓力鍋煮出來嗎？對了，我不是還買了牛腱肉？

呃……再給我一點時間吧。壓力鍋也累了。

寫於大地震之後

還記得九年前那場震災後，就連沒有直接受災的人都喪失一切積極意志，陷入短暫的恍惚狀態。以下三篇，寫的是震災後，與我重要朋友們有關的事。

●保久食品●

上天究竟為什麼要這樣考驗日本人呢？「沒問題，一定能重建」的心情與「日本真的沒問題嗎」的心情輪番湧上心頭，持續過著不安的日子。然而，老是坐在電視機前一下破口大罵，一下感動落淚也不是辦法，地震三天後，我終於第一次外出採購食物。心想，總之先煮頓晚餐吧。帶著一如往常的心情踏入超市，映入眼簾的景象使我驚訝不已。超市出現搶購風潮，肉類、豆腐、納豆和牛奶、麵包都沒了，架上空空如也。只好勉強抓起一把賣剩的菜，再將最後一條法國麵包放進籃子。

「豬五花肉片沒有了嗎？事情變得好嚴重啊。」

「真的。里肌肉的話還有一點，豬五花明天就進貨了。妳也知道，這幾天大量採購的人比較多。」

和肉類賣場的大叔這麼交談了一陣，我買了里肌肉片回家。

到了這個地步，只好長期抗戰了。試著挑戰可以多久不買東西，靠手頭現有的食物活下去吧。雖說賞味期限已經過了，家裡還有罐頭、白米與醬菜，也有凍得硬梆梆的乾貨和肉類。和災區的人相比，自己至少還擁有豐富的食糧。照理說應該要把這些物資捐到災區才是，但又沒有管道（當時），更何況都是些過期食品，送去也未免失禮，還是自己懷著感恩的心情吃掉吧。

從下定決心那天起，至今已過十八天。果然凡事都要先嘗試，才知道自己原來辦得到。事實上，這段時間，大分的好心朋友也寄了葉菜類給我，住附近的朋友則親自送草莓和沙拉等食物來我家，並非「完全靠手邊剩餘的食物」度過這將近二十天的生活。不過，我的確沒有自己外出購物，雖然這也沒什麼好自豪就是了。

在物資缺乏的情形下，嘗試用現成的食材做菜時，反而冒出了不少靈感。

首先，我照慣例熬了雞湯。為了因應這種狀況，我常年在冰箱裡冷凍保存一隻全雞。看著深鍋裡煮好的滿滿一大鍋雞湯，安心地想著只要有這個，暫時就不用煩惱了。第一天，為了留下純淨的雞湯，將熬煮到軟爛的雞肉撈出來，淋上醬油、醋和辣油配飯吃。這麼吃了幾天，漸漸進入春暖花開的天氣。有天早上，打開鍋蓋，嗅嗅……嗯？怎麼有股怪味道？仔細回想，昨天晚上偷懶沒把整鍋湯加熱煮沸就去睡了。雞湯還剩下不少，該丟掉嗎？災區民眾的臉閃過腦海，實在丟不下手。要是真的丟掉，我一定會遭天譴。哎呀，怎麼辦。就在這時，可靠的祕書亞彌彌來了。

「不要緊的啦，加點咖哩粉進去，做成咖哩不就吃不出來了嗎？」

說得也是。把家裡剩下的大量辛香料加進去，蓋掉怪味就行了。

於是，我緊急投入咖哩的製作。翻出很久以前買的泰式雞肉咖哩醬，先將這放進雞湯，還加了一塊酸辣海鮮湯的固體湯塊。再磨些蒜泥、生薑泥加進去，拿出放到變軟的紅蘿蔔、發芽的馬鈴薯和茄子，把已經長出十公分綠苗的洋蔥切成大量洋蔥片，全部放進去煮。然後，再放入粉末狀的椰奶與剩下不多的寶貴牛奶及各種香料。不確定之後還放了什麼，總之慢慢熬出了一鍋濃郁的泰式咖哩。

「好吃！佐和，這咖哩好好吃喔！」

有位女性友人向來抱持不下廚主義，最近的聚餐又全部取消，每天晚上只能吃加熱調理包。我邀她來家裡，請她吃飯，她高興得我都不好意思了。就算撕爛我的嘴也說不出：「其實湯底原本有些怪味道……」

那位朋友帶了草莓來當伴手禮。在這艱難的時刻，真的是非常珍貴又漂亮的草莓。我萬分珍惜，一次只吃一顆。太捨不得吃的結果，草莓表面不知不覺長出了黑斑。還是做成果醬吧。不、家裡太多果醬了。我不經意朝櫃子望去，看到最後一次購物時搶下的法國麵包，還剩二十公分左右，也放到乾硬了。

我想了想。首先，用盡全力將法國麵包切成厚約兩公分的麵包片。噴一點水，滋潤麵包乾燥的肌膚。先擱置一會兒，然後在平底鍋裡倒多一點油，半煎半炸麵包片，完成了滿像樣的法式脆片。再把長出黑斑的草莓切成片狀，放在金黃香酥的熱呼呼法式脆片上。一口咬下，發出清脆的聲音。又熱又油的法式脆片，配上冰涼草莓的酸甜味，沒想到竟然這麼搭、這麼好吃。幸好沒把草莓丟掉，才能做出這時髦的外餡三明治。

因為那位朋友上次來時太開心，我又邀她來吃了第二次的晚餐。繼咖哩之後，這次我做給她吃的是蔬菜燉牛肉。我用罐頭燉牛肉當基底，加入洋蔥、馬鈴薯和稍微發黃的葉菜類。因為沒有新鮮香菇，就把乾香菇泡軟，也加入鍋中。拿出忘了何時買的牛肉，切成骰子大小下鍋，最後倒入瓶裝番茄汁與喝剩的紅酒。

「咦？這是用罐頭做的？我才不相信！」

看著雙眼閃閃發光的她，我心裡想，人最需要的果然是絲毫不懷疑自己的朋友。

●宮古秋刀魚●

在這次東日本大地震中，無論直接或間接，我認識的人裡有幾位受到震災影響，幸好幾乎所有人都平安無事。只是，其中仍有一位無法聯絡上。他是每年秋天都會從岩手縣宮古市寄大量秋刀魚給我的S先生。地震發生後，我寫了好幾封電子郵件到他的手機信箱，卻始終沒能取得聯繫。試著告訴自己，目前還處於混亂期，過陣子再聯絡吧。然而，隔一段時間打電話給他，電話那頭傳來的只有「這個號碼現在無人使用」的語音。

約莫十年前，我第一次造訪宮古，為的是和吉村昭先生一起參加出版社主辦的演講會。吉村先生在小說《幕府軍艦「回天」始末》中提過宮古海戰，為了搜集題材，以前去過宮古好幾次，對這塊土地很熟悉。

「怎麼樣比較好呢，要從盛岡搭電車去，還是開車去……？」

同行的幾位責任編輯這麼問，吉村先生說：

「我搭電車去過很多次，所以兩種方式都可以。只是，阿川小姐第一次來，還是搭電車悠閒前往吧。」

儘管吉村先生笑說「其實也沒什麼好玩的」，我卻對這趟搭乘山田線電車的旅程難以忘懷。從盛岡車站出發，電車在山間行走了整整兩小時，左右兩側都是近在眼前的盎然綠意。彷彿只要朝窗外伸出手，就能輕易碰到灌木枝。途中停靠的每一站，車站外觀都樸素地與周遭景色合為一體。出自人類之手的建設毫無衝突地與大自然共存。我從來沒有搭過如此令人心動的電車，頓時成為山田線的擁護者。

一出綠色隧道，眼前忽然出現開闊海景，終於抵達宮古車站。鼻端聞著大海的氣息，耳邊聽著海鳥啼囀。

「要是有人提議山田線停駛，我一定發起反對運動。」

在宮古的演講工作順利結束，準備進入歡樂的夜晚。我們受邀前往市區內的餐廳，在二樓和室包廂裡，才剛吃下一塊端上來的貝類生魚片，我就驚喜地跳起來：

「好吃！這什麼？」

原來是海鞘。其實，我從前吃過一次海鞘。只是，就連自認喜歡臭味的我，都無法忍受海鞘強烈的氣味。從那以後，我就不再碰這東西了。沒想到宮古的海鞘等級完全不同。

「海鞘原來是這麼好吃的東西嗎？」

見我一再讚嘆，對方便說：

「看妳這麼喜歡，下次寄去給妳吧。」

說這句話的，就是當天晚上熱情招待我們的S先生。後來，S先生遵守承諾，每年都宅配海鞘到我家。還不只是海鞘，一到秋天，他又會寄來裝滿整個保麗龍箱的秋刀魚，一數之下共有二十隻。從收到這些魚開始，我就忙得不可開交。如此閃閃發光的新鮮秋刀魚，一個人根本吃不完，得盡可能分送朋友。我急著想早點分送出去，盤算著這時間有誰在家，誰收到了會很開心。

就這樣好多年過去，見過好多朋友收到秋刀魚時欣喜的模樣，所有分到魚的朋友都深深感動，讚嘆那是「絕品秋刀魚」。分送秋刀魚給朋友，變成我每年的例行公事。

「今年……差不多要收到了吧？」

朋友會裝作若無其事這麼問。

「是啊，應該差不多了。」

即使算算時間差不多該收到了，總不好催促S先生快點寄。不管怎麼說，我都是收禮的人。雖然也可以付錢，古道熱腸的S先生一定不會接受。

去年，看新聞說因為氣候變動的緣故，秋刀魚的漁獲量沒有往年好。

「今年會有嗎……」朋友來問。

「嗯——不知道耶……」我也陷入思量。

不能催人家。心想大概沒希望了，也真的很遺憾地，去年終究沒辦成秋刀魚同樂會。

接著，就發生了這次的地震。早知道會變成這樣，無論是催促也好，問候也好，什麼都好，真該更常與S先生聯絡才對。要是能早點聽見S先生的聲音有多好。

有一年，我和幾位朋友聚在一起吃秋刀魚。藉著酒意，大家一鼓作氣寫了感謝信給S先生。S先生來東京時，和我交情很好的插畫家小姐陪同款待。這份功勞博得了認同，隔年起，S先生除了寄給我之外，也會另外寄大量秋刀魚給她。

S先生，您沒事吧……

吃了S先生的秋刀魚而深深感動的朋友雖然很多，直接認識他的，除了我之外，只有吉村昭先生與插畫家小姐。然而，吉村先生和插畫家小姐都在幾年前過世了。現在，沒有人能和我一起擔心S先生的安危。不過，我只是他每年贈送秋刀魚的對象之一，S先生現在應該無暇一一對我們這些人報告自己平安無事吧。或許，他的手機在震災中遺失了，找不到通訊錄，但人肯定還生龍活虎地在哪裡避難。總有一天，我要再搭山田線造訪宮古，和S先生一起享用至高無上的新鮮魚貝。一起感嘆那場大地震有多折騰人，在互吐苦水中喝到天亮。內心如此立下誓言，我今日也用電腦尋找著S先生的下落。

●鰹魚之旅●

配合電視節目的採訪工作，我去了一趟氣仙沼。即使震災至今已過半年，港口周遭的重建工作實在很難稱得上有進展。除了地震與海嘯，氣仙沼這裡還經歷了石油槽起火的災難，以及深達一公尺的地盤下陷，都讓這個城市重建緩慢。儘管道路上築起了路堤，就算早上地面還是乾的，下午漲潮時，海水灌上道路，瞬間又會淹水。

在這樣的狀態下，究竟該如何重建今後的生活？當地人肯定陷入焦慮不安。我懷著這樣的猜想，一大早前往魚市，看見的卻是一片朝氣蓬勃，生機盎然的景象。我大吃一驚。

「魚市場六月底重新開張，終於開始有漁獲。話是這麼說，漁獲量還只有往年的一成左右啦。」

擔任導遊的是地方上的鮪魚業者，一位叫臼井的年輕人。我們在他帶領下觀摩了一圈魚市，就在這時，來自高知的鰹魚船正好入港。

「高知的漁船也會來氣仙沼嗎？」

我對鰹魚船的年輕船長提出疑問，那張長年在海上曬得黝黑的臉上綻放出笑容：

「因為鰹魚船會跟著鰹魚一路向北逐漸移動喔。現在，這一帶正好能捕獲

洄游的鰹魚。」

原來是這樣。捕獲鰹魚後，就在最近的氣仙沼靠岸卸貨了吧。為了追蹤魚群，漁夫得出海好長一段時間呢。話說回來，看到這麼大的漁船入港，氣仙沼的人立刻充滿活力。

「不管怎麼說，這城市的人有八成都靠水產過活啊。不只賣魚的，還有水產加工業、養殖業、船公司等等。連包裝水產的保麗龍箱公司都會受到影響。總之，只要有魚進來，大家就會振奮起精神。」

正如他所說，光是看著眼前一條足有三公斤重的活跳鰹魚陸續入港的光景，腎上腺素就會加速分泌。連我這個外人都興奮起來。

「哇，看起來好好吃！」

當地魚店業者手上拿著紙筆，紛紛聚集在市場中央的巨大水桶前，準備給鰹魚定價。熱鬧的喊價競標要開始了……原本這麼以為，結果這天是以下標方式決定買家。確定買家後，在白板上記錄買主，魚店業者軍團繼續等待下一艘鰹魚船抵達港口。

「看到大家生氣勃勃的笑臉，感動得有點想哭呢。」

「來到魚市場，就能忘掉震災的事。」

的確，一離開魚市場，映入眼簾的都是瓦礫殘骸及空蕩蕩的建築，一片荒涼景象。這時，其中一位魚店業者走過來。

「阿川小姐，這是我買下的三條鰹魚。送妳，請帶回去吧。」

「咦？太感謝了。可是三條都要送我嗎？這樣我得扛著九公斤重的魚搭新幹線耶？」

「那宅配給妳吧。」

就這樣，接受了這位不認識但親切的魚店小哥好意，辦好宅配手續。為了和同行工作人員平分這些魚，決定先全部送到製作人家，再請他將其中一條轉寄給我。

道謝之後離開魚市場，前往各地採訪之後，已到中午用餐時間。吃什麼好

呢？既然這樣，不如就吃美味的鰹魚吧。正當我在腦中幻想盤算時——

「因為人數眾多，大家一起去吃燒肉吧。」

當地導遊臼井青年說。

「海邊的男人每天都在看魚，其實多半更愛吃肉。」

我當然也非常喜歡吃燒肉啦，可是……不然吃秋刀魚？現在正好當季。

「喔，秋刀魚今天沒有漁獲上岸喔。」

不、吃昨天捕獲的也可以……我內心如此嘀咕，也只得安慰自己，等回到東京自己家，我就有氣派的鰹魚可以吃了。結果，連一口都沒吃到氣仙沼的鮮魚，只吃了盛岡冷麵就回家。

問題是，那條鰹魚遲遲沒有轉送到我家。等終於送到時，我又剛好不在家，沒能收下宅配。擦身而過了幾次，漁獲抵達我家時，已經是整整三天後。

喂，鰹魚啊，你沒在這趟漫長旅程中累到吧？雖然用冰塊包著，有沒有哪裡不舒服啊？一邊這麼擔心，一邊扛著剛收到的鰹魚跑到附近日式料理店。心情就像抱著心愛兒子就醫的母親。

「半條送您，請幫我剖魚好嗎？」

店長爽快接受了這個提議，鰹魚變身紅肉生魚片，再次回到我面前。沾上醬油與切成薄片的蒜頭及生薑，送入口中。喔喔，好讚的味道，油脂非常豐富。餐廳員工也一起吃了當作員工餐的鰹魚丼，三公斤鰹魚轉眼消失在喜悅的胃囊中。

那些酒與和田先生的日子

現在，我手上拿著一本有深藍封面的厚重大開本書。藍色封面正中央，畫著一個有彩色雄雞圖案的雞尾酒杯，一副雄糾糾、氣昂昂的樣子。書名是《THE BAR RADIO COCKTAIL BOOK》，二〇〇三年改訂版，由幻冬舍出版。作者是日本首屈一指的調酒師，也是Radio酒吧的老闆，尾崎浩司先生。

我從尾崎先生本人手中收到這本時髦極了的雞尾酒百科……記憶中應該是這樣。過去有段時間，和田誠先生常帶我去Radio酒吧。位於附近有澡堂的閑靜住宅區一隅，無預警出現眼前的歐式木屋民宿風格獨棟建築，一樓是酒吧，二樓設有用餐區。現在當然還有營業，只是曾幾何時，我聽說那裡不再提供餐點服務，只有酒吧繼續經營。

當料理研究家的太太平野麗美出差時，和田先生大概因為在家沒飯吃，就會心血來潮似的打電話到我辦公室。

「我是和田，這麼臨時不好意思，妳晚上跟人有約了嗎？」

也不知道為什麼，每次突然接到和田先生邀約時，我正好都沒有跟別人約。真是不可思議。

「沒事，我有空。」

「那一起吃飯吧，去哪吃好呢？」

電話那頭，一陣短暫沉默之後。

「不然，去Radio吧？表參道的Radio三號店。七點可以嗎？」

「好！」

當時我還單身，比較好約也說不定。與和田先生見面暢談電影與音樂的時間，對我而言也是至高無上的享受，自然樂於相陪。

與和田先生在吧檯邊坐下，身穿白襯衫配瀟灑背心的尾崎先生就會從店內現身。

「歡迎光臨，好久不見了。」

「是啊，您好。」

他們兩人笑著打招呼，笑容中充滿對彼此的信賴，聊了一會兒以前的事和共同朋友的消息。然而，無論聊得多熱烈，尾崎先生永遠那麼穩重，彬彬有禮地以敬語回應和田先生說的話。聊著聊著——

「這個，不嫌棄的話……」

應該就是這時，他送了我那本書。

不用說，和田先生與尾崎先生認識很久了。雖不清楚他們最早相識於何時，可以肯定的是，和田先生幾十年來都是Radio酒吧的常客。事實上，Radio酒吧一號店就開在和田事務所走路五分鐘左右的地方。

Radio酒吧原本開在神宮前巷弄裡一棟小型大樓的地下一樓。聽說那是一九七二年秋天的事。關於Radio酒吧誕生的故事，以及後來在青山開了二號店、表參道開了三號店等成長過程，尾崎先生都詳細寫在《THE BAR RADIO COCKTAIL BOOK》後記中。

現在已經不在的神宮前店，我自己曾叨擾過兩次。不確定和誰一起去的了，只記得在外面吃過飯，對方約我「再去喝一杯吧」。走著走著，一個種著參天大樹卻小如貓額的公園前方不遠處，沿著樓梯往下走，裡面就是這間不到十個座位小酒吧。還記得當時探頭往裡面一看，和田誠先生就坐在吧檯邊，和幾個看似藝術家夥伴的人一起，其中也有女生。那時我跟和田先生還沒有熟到能隨口閒聊，只是驚訝地發現「啊、是和田誠先生」，不假思索地點頭寒暄後，自己找了個角落座位坐下。不記得那次點了什麼，記憶鮮明的是，坐在旁邊喝雞尾酒的和田誠團隊，散發出令我讚嘆「好成熟！這才是大人！」的氛圍。說來失禮，那種成熟與性感毫不相關，也不是侃侃而談工作上的話題，為

意見不和而爭辯。他們只是輕鬆自在坐在那裡，落落大方閒聊無關緊要的小事。有時談笑風生，有時互開玩笑，單純享受微醺的樂趣。

有朝一日，我也想在酒吧這種地方像那樣享受飲酒的樂趣。當年和田團隊的身影，像一幅畫面深深烙印在我腦中。

時光流逝，我成了能與和田先生一起喝酒的角色。有一次，應該是一如往常與和田先生及其他插畫家夥伴或爵士樂夥伴一起喝酒時的事吧。地點不是Radio，是其他酒吧。

「以前啊，跟夥伴在Radio喝酒時，我們說『瑪琳・黛德麗（Marlene Dietrich）啦，瑪莉蓮・夢露（Marilyn Monroe）啦，有這麼多冠了大明星名字的雞尾酒，怎麼就沒有法蘭克・辛納屈（Frank Sinatra）呢，這太奇怪了吧。不如來調一杯』。」

「和田先生調的嗎？」

我露出驚訝的反應。

「不是我，是尾崎先生。他試著用各種配方調製，讓我們幾個酒友試喝。我們只負責提供有的沒的感想而已。最後喝到一杯『就是它了！』問題是名字該怎麼取呢？直接叫法蘭克．辛納屈太沒變化，後來決定用他的本名做這款雞尾酒的名字。」

這款名為法蘭西斯．艾伯特．辛納屈（Francis Albert Sinatra）的雞尾酒就此誕生。聽著這番話，我想起第一次在Radio喝酒與和田先生見面時的畫面。這款雞尾酒，或許就誕生在那樣的畫面中。至於這款雞尾酒的配方，也與和田先生的插畫一起收錄在《THE BAR RADIO COCKTAIL BOOK》第二五一頁：

法蘭西斯．艾伯特．辛納屈
野火雞波本威士忌½
坦奎瑞乾琴酒½
攪拌後注入雞尾酒杯

一般來說，調製雞尾酒都是在基底酒中加入利口酒或果汁。然而，法蘭西斯．艾伯特．辛納屈卻用兩種基底酒等量調和而成。

「喝起來一定很烈吧。」一開始，我對這酒戒慎恐懼，但又很想試試看。很快地點了，當著和田先生的面喝下。好好喝。於是，再來一杯。那天晚上，我一發不可收拾地喝了三杯法蘭西斯．艾伯特．辛納屈。儘管如此──

「隔天完全沒有宿醉，沒騙人，是真的。」

從此，不管到哪我都得意洋洋地提起這件事，為法蘭西斯．艾伯特．辛納屈的宣傳做出貢獻。

我翻閱《THE BAR RADIO COCKTAIL BOOK》，驚訝於竟然有數量如此龐大美不勝收的雞尾酒。下次去酒吧嘗試哪款雞尾酒好呢？我開始期待。

原本我對雞尾酒很不熟。認識的雞尾酒頂多只有父親生前愛喝，甚至會在家親手調製的乾馬丁尼酒，以及他帶我去威尼斯時第一次喝到而大受感動，以香檳加入桃子果汁調和的貝里尼雞尾酒。再就是搭飛機時當餐前酒喝的血腥瑪莉了。順帶一提，我堅信血腥瑪莉在日落前邊看夕陽邊喝最美味。

說到血腥瑪莉，我就想起和田先生為《週刊文春》畫的封面中，有一幅描繪了名為赤眼的雞尾酒。黑色背景，白色餐桌，桌上是滿滿一杯大紅色的雞尾酒。這幅畫首見於《週刊文春》一九九四年九月一日發行號。接到吉行淳之介先生訃聞那天晚上，和田先生喝著這杯赤眼，在對吉行先生的緬懷中畫下這幅封面。聽說吉行先生生前常說，治好宿醉的最好方法就是喝這個，經常喜歡點來喝。「赤眼」的配方，是在啤酒中加入等量番茄汁。

「是喔，那會好喝嗎？」

「喝喝看吧。」

以和田誠封面畫故事為主題舉行了演唱會。那天晚上，我和一起站上舞台的森山良子小姐在慶功宴上點了這款酒。我和良子小姐互相推讓著那杯酒，最後一人一口地喝了，喝完面面相覷。

「不太好喝耶。」

「吉行先生怎麼會喜歡喝這種東西？」

為了不讓旁邊的和田先生聽見，我們小聲嘀咕。

「對了，我想起來了，我喜歡一款叫亞歷山大的雞尾酒。」

那時聽我這麼一說，和田先生便說：

「那種雞尾酒很危險喔。」

我問為什麼，和田先生便告訴了我關於傑克·李蒙（Jack Lemmon）主演的電影《相見時難別亦難》（*Days of Wine and Roses*）的事。

「那部電影裡，一個酒鬼男人認識了一個美麗的女人。可是，女人只喜歡吃甜食，不善喝酒。於是，男人就建議女人喝一種雞尾酒，說她一定會喜歡。這就是亞歷山大，一種在干邑白蘭地裡加入白可可香甜酒，再加上鮮奶油的雞尾酒。熱愛甜食的她果然愛上這種酒。後來兩人結了婚，卻逐漸沈溺酒精，連原本不能喝酒的太太都酒精中毒，夫妻生活問題百出……是個灰暗的故事。」

我小時候很喜歡《相見時難別亦難》的主題曲，也知道傑克・李蒙是知名喜劇演員，沒想到這部電影這麼灰暗。驚訝之餘點了亞歷山大，心想原來如此，這款雞尾酒果然危險，就這麼醉倒了……好像有這麼回事，又好像沒有。是說，我甚至根本不記得和田先生是不是真的跟我講過亞歷山大出現在那部電影裡的事，好像有，又好像沒有。或許是我記錯了，我對記憶沒有自信。噯、和田先生，到底是怎麼樣來著？

就算想問，和田先生也不在了。早知如此，以前就不該老是喝得醉醺醺，應該好好把與和田先生的對話記錄下來才是。

別的不說，跟和田先生在酒吧聊了那麼多，我卻連他喜歡喝哪款雞尾酒都想不起來。記得他好像點過莫斯科騾子，有時也喝琴蕾。葡萄酒的話，他喜歡的應該波爾多系統的紅酒。哎呀，我真是個糟糕的酒友。

ME2100

阿川家的危險餐桌

作　　者❖ 阿川佐和子
譯　　者❖ 邱香凝
美術設計❖ 季曉彤
內頁排版❖ 極翔企業有限公司
總 編 輯❖ 郭寶秀
責任編輯❖ 黃怡寧
行銷業務❖ 許芷瑀

發 行 人❖ 凃玉雲
出　　版❖ 馬可孛羅文化
104臺北市中山區民生東路二段141號5樓
電話：(886)2-25007696
發　　行❖ 英屬蓋曼群島商家庭傳媒股份有限公司城邦分公司
臺北市中山區民生東路二段141號11樓
客服服務專線：(886)2-25007718；25007719
24小時傳真專線：(886)2-25001990；25001991
服務時間：週一至週五9:00～12:00；13:00～17:00
劃撥帳號：19863813　戶名：書虫股份有限公司
讀者服務信箱：service@readingclub.com.tw
香港發行所❖ 城邦（香港）出版集團有限公司
香港灣仔駱克道193號東超商業中心1樓
電話：(852)25086231　傳真：(852)25789337
E-mail：hkcite@biznetvigator.com
馬新發行所❖ 城邦（馬新）出版集團
Cite (M) Sdn. Bhd.(458372U)
41, Jalan Radin Anum, Bandar Baru Seri Petaling,
57000 Kuala Lumpur, Malaysia
電話：(603)90578822　傳真：(603)90576622
E-mail：services@cite.com.my
輸出印刷❖ 中原造像股份有限公司
初版一刷❖ 2021年7月
定　　價❖ 340元（如有缺頁或破損請寄回更換）

國家圖書館出版品預行編目資料

阿川家的危險餐桌 / 阿川佐和子著；邱香凝譯. -- 初版. -- 臺北市：馬可孛羅文化出版：英屬蓋曼群島商家庭傳媒股份有限公司城邦分公司發行，2021.07
面；　公分

ISBN 978-986-0767-08-7(平裝)

861.6　　110008323

城邦讀書花園
www.cite.com.tw

ISBN：978-986-0767-08-7（平裝）
ISBN：978-986-0767-09-4（EPUB）